Sozialsiedlung
Ententeich
Schule
Einfamilienhäuser

Beate Dölling

Sommerglück und Idiotenpech

Für Paula und alle Walfische

Beate Dölling

Sommerglück und Idiotenpech

Roman für Kinder

Mit Bildern von Franziska Walther

BELTZ
& Gelberg

Beate Dölling, geboren 1961, lebt in Berlin. Sie studierte einige Semester Englisch, Spanisch, Kulturwissenschaften, Philosophie und schreibt für Rundfunk und Tageszeitungen und veröffentlichte viele Kinder- und Jugendbücher. Bei Beltz & Gelberg erschienen bereits ihre Romane für Jugendliche *Hör auf zu trommeln, Herz* (Verdi Literaturpreis), *Schutzfaktor 18* und *Alles bestens* sowie das Kinderbuch *Kaninchen bringen Glück*.
www.beatedoelling.com

Herzlichen Dank an Frank,
mit dem ich wieder wunderbar
zusammengearbeitet habe!

www.beltz.de

Lektorat: Frank Griesheimer
Neue Rechtschreibung
Einband und Illustrationen von Franziska Walther
Satz und Bindung: Druckhaus »Thomas Müntzer« GmbH,
Bad Langensalza
Druck: Druck Partner Rübelmann, Hemsbach
Printed in Germany
ISBN 978-3-407-79955-5
1 2 3 4 5 12 11 10 09

Inhalt

Erstes Kapitel,

in dem ein Floß versteckt wird
und es von Idioten nur so wimmelt

Leonie rennt die Steintreppen zum Schulhof hinab, an den Schulbeeten vorbei, durch den Spielwald, hinunter zum Teich. Flora stürmt hinterher. Unter einer Pappel verschnaufen sie und warten auf Johan. Nein, so was! Wie kann er jetzt essen! Er beißt im Laufen von seinem Brot ab, deswegen eiert er mehr, als er läuft.

»Manno«, stöhnt er, als er bei ihnen ist, und schüttelt sich die Haare aus dem Gesicht. »Was hetzt ihr so? Wir haben doch Zeit!«

Er hat mal wieder nichts mitgekriegt. Johan ist zwar ein cooler Junge – der coolste Junge überhaupt, finden Leonie und Flora –, aber wenn es Probleme gibt, schnallt er es immer als Letzter.

»Kopf runter!«, sagt Leo. »Wir warten hier erst mal, ob uns auch keiner verfolgt.«

»Wer soll uns denn verfolgen?«, fragt Johan.

»Konni und Eric«, sagt Flora.

Johan wird ganz blass. Klar, dass er keine Lust hat, diesen beiden Holzköpfen zu begegnen. Die haben ihn schon oft geärgert.

»Die wollen unser Floß klauen!«, sagt Leo. Sie zieht einen

zerknüllten Zettel aus ihrer Hosentasche. »Den haben die mir vor Sachkunde auf dem Flur zugesteckt.«

Johan faltet den Zettel auseinander und liest laut vor:

Ahoy ihr Pänner! Wir kenen
euer Geheimnis!
Freud euch drauf ein Flohß
gehapt zu haben!
Auf zum fröichen entern!
Es grüssen die Piraten!

»Oh Gott«, Johan verdreht die Augen. »Das tut ja weh zu lesen. Was sind denn *Pänner*? Und guckt mal, wie die *fröhlich* schreiben!«

»Das war bestimmt Konrad«, sagt Flora. Sie steckt die Daumen in die Jeanstasche. »Der ist ja schon zweimal sitzen geblieben.«

Johan gibt Leonie den Zettel zurück. »Außerdem müsste es heißen: *Es grüßen die Idioten!* – so doof, wie die sind!«

Konni und Eric sind nicht nur doof, sie sind auch brutal und gemein. Konni baut in letzter Zeit nur Scheiß, als wollte er seinem Namen Ehre machen, schließlich sind die sieben Köhler-Kinder bekannt für Scherereien. Seine älteren Brüder haben sogar schon Autos geknackt und Wohnwagen verwüstet und sie prügeln sich andauernd. Konni und Eric haben Johan im letzten Winter aufgelauert, als er vom Reiten wiederkam, ihn herumgeschubst und ihm seinen Hufkratzer weggenommen und in den Bach geworfen, einfach so, aus Spaß. Und Eric hat Leo früher im Kindergarten mal im Schuppen eingesperrt. Dort war es stockdunkel und sie hat sich vor Angst in die Hose gepinkelt. Das ist zwar schon ewig her, aber die Angst hat sie nicht vergessen.

Leo schaut sich um. »Kommt«, sagt sie. »Auf unserer Insel sind wir sicher.«

Sie haben das Floß im Unterholz versteckt, unter einem Holunderbusch, der von Hopfen überwachsen ist und sich bis zum Boden neigt. Eine undurchsichtige, grüne Decke. Leo und Flora ziehen es aus dem Versteck.

»Pack mal mit an«, sagt Leonie zu Johan.

Zu dritt ziehen sie das Floß ans Ufer. Es besteht aus zwei dicken Robinienstämmen, auf die sie sieben Bohlenbretter längs und sieben Bohlenbretter quer montiert haben. Das ist ihr Floß. Sie haben alles selbst gebohrt und verschraubt, nur beim Zusägen der Stämme hat Floras Mama ein bisschen mitgeholfen. Sie ist Tischlerin.

Eigentlich wollten sie mit dem Floß auf dem Badesee fahren, auf der anderen Dorfseite, hinter dem Schloss, wo Leo wohnt. Aber das wollten die Eltern nicht. Der Badesee sei zu groß und zu tief für ein Floß. Nur den Ententeich hinter der Schule haben sie erlaubt.

Also paddeln Leonie und ihre beiden Freunde in jeder großen Pause auf die kleine Insel in der Mitte des Teiches, essen alles auf, was jeder mitgebracht hat, und fahren dann wieder zurück. Zum Glück dauert die große Pause an ihrer Schule zehn Minuten länger als an anderen Schulen, sonst wäre die ganze Paddelei zu stressig.

Gut ist auch, dass sie bislang noch niemand dabei gesehen hat. Es kommt nämlich selten jemand zum Teich, ein paar

Jugendliche manchmal, zum Rumalbern und Knutschen, oder der Schubkarrenmann, der immer mit seiner Schubkarre Bierkisten im Lädchen einkauft und damit durchs Dorf fährt. Der angelt ab und zu am Teich.

»Los, ablegen!«, ruft Flora. Johan stochert mit einem langen Stock am Ufer herum und stößt sich mit einem starken Schubs ab. Das Floß gleitet los. Enten paddeln vor ihnen davon. Flora nimmt das Ruder und löffelt Wasser weg.

Gar nicht so einfach, ein Floß zu bewegen. Wenn man nur auf einer Seite paddelt, dreht es sich im Kreis, und wenn man die Paddelschaufel zu früh aus dem Wasser zieht, spritzt man die anderen nass. Aber inzwischen sind die drei ein eingespieltes Team, eine Pausenmannschaft, auf dem Weg zu ihrer Insel, mit Brotbüchsen und Trinkflaschen im Rucksack. Alles könnte so schön sein, wenn sie nur nicht Eric und Konni im Nacken hätten!

Um die Insel ist das Wasser grün vor Entengrütze. Es sieht aus wie ein Teppich. Johan springt als Erster an Land; Leo bindet das Floß an einem Baum fest.

Die Insel ist nicht viel größer als Leos Zimmer im Schloss, aber völlig zugewachsen. Mit Stöcken und einem Buschmesser haben sie sich einen Weg durchs Gestrüpp geschlagen, Brennnesseln gerodet und einen Sitzplatz unter einem Blätterdach geschaffen, neben zwei Erlen, denen das Efeu bis in die Kronen rankt.

Auf der Insel schmeckt alles doppelt so gut wie auf dem Schulhof. Johan verdrückt immer am meisten, obwohl er dünn zum Durchbrechen ist. Und er ist der einzige Junge im

Dorf, der schulterlange Locken hat. Auch deshalb wird er von Konni und Eric geärgert.

»Was hast du heute drauf?«, fragt Leo und schielt auf Floras Brot.

»Bärlauchpaste mit Sprossen.«

Johan rümpft die Nase. »Riecht man!«

Er hat wochenlang Schinken auf dem Brot, und wenn er keinen Schinken mehr sehen kann, steigt er um auf Salami. Flora, bei der es zu Hause kein Fleisch gibt, tauscht ihre Brote so oft wie möglich mit Johan. Aber heute hat sie schlechte Karten. Bärlauchpaste mag er nicht. Schon gar nicht mit Sprossen.

»Sprossen sind gesund«, sagt Flora. »Sie machen klug, stark und schön!«

»Bin ich schon.« Johan beißt in sein Schinkenbrot.

Leo hat Käse drauf. Appenzeller. Der schmeckt gut, aber wenn man ihn anfasst, stinken die Finger. Zum Glück macht Papa ihr morgens die Schulbrote.

Das mitgebrachte Obst legen sie auf der Insel immer in die Mitte, auf eine Stoffserviette, zur freien Verfügung. Heute gibt es zwei Äpfel, sieben fast reife Kirschen, eine Handvoll angematsche Erdbeeren aus Floras Garten und eine griechische *Aldi*-Aprikose. Die Aprikose lassen sie reihum gehen. Jeder darf abbeißen, Johan den Stein ablutschen.

Über ihnen singt eine Amsel. Der blaue Himmel blinzelt durch das grüne Blätterdach, es weht ein lauer Wind. Am Nachmittag wollen sie im Badesee die Schwimmsaison eröffnen.

»Und was ist, wenn Konni und der Fettklops Eric uns in der Zwischenzeit das Floß klauen?«, fragt Flora. »Die machen es bestimmt kaputt.« Mit ihren großen braunen Augen sieht sie ein bisschen wie ein Eichhörnchen aus, aber das darf nur Leo sagen.

»Vielleicht sollten wir heute nicht baden gehen, sondern hier Wache halten«, meint Johan.

»Ich will doch nicht Sklavin meines Floßes werden!«, sagt Leo.

Plötzlich steht Johan auf und schaut über den Teich. Ein paar Fische schnappen nach Luft und werfen Ringe auf die Wasseroberfläche. »Da hinten hat sich was bewegt«, sagt er. Und jetzt sieht Leo es auch: ein kleines Mädchen, barfuß, mit einem viel zu kleinen T-Shirt, als wäre es längst herausgewachsen. Und mit völlig verzottelten, hüftlangen Haaren. So schnell es kann, läuft das Mädchen in den Wald.

»Wer war denn das?«, fragt Flora.

»Keine Ahnung«, sagt Leo. »Hab ich nicht erkannt. Sah auf jeden Fall ziemlich mitgenommen aus, fandet ihr nicht?«

»Ja, seltsam. Ob sie sich verlaufen hat?«

»Der Wald hier ist ja nicht so groß«, sagt Johan. »Und dahinter fängt gleich die Sozialsiedlung an.«

Die Sozialsiedlung ist die unbefestigte Straße am Ortsausgang, mit den grauen Häusern, von denen der Putz abbröckelt, und den verbeulten Mülleimern vor der Tür.

»Psst, seid mal leise!« Flora legt einen Finger an den Mund. Leo hört nur einen Frosch quaken und Kinder vom Schulhof. Aber dann hört sie es auch: näher kommende Stimmen.

Am Ufer tauchen zwei Jungs auf. Es sind Konni und Eric und sie suchen das Schilf ab.

»Duckt euch!«, zischt Johan.

Die Mädchen legen sich auf die Bäuche und lugen durchs Gestrüpp. Von dort aus, wo die Jungs sind, können sie das Floß nicht sehen, aber sie brauchen nur um den Teich zu gehen, dann würden sie es auf der anderen Seite der Insel entdecken, und genau das tun sie jetzt. Leonie blickt Flora an, dann Johan. Dass Flora ausgerechnet heute ihr blau-weiß gestreiftes T-Shirt anhaben muss. Sie liebt Streifen. Warum hat sie nicht ihr grün-grün gestreiftes an? Das wäre eine viel bessere Tarnung.

Eric fummelt eine Schachtel Zigaretten aus den Socken, gibt Konni eine und zündet sie an. Zum Glück bleiben sie dabei stehen und gehen nicht weiter. Sie rauchen und spucken auf den Boden, fluchen laut, weil sie das Floß nicht finden.

Flora hält Leo die Uhr unter die Nase. In fünf Minuten ist die Pause um. Höchste Zeit, zurückzupaddeln. Aber solange es hier von Idioten wimmelt, geht das natürlich nicht.

»Was machen wir denn jetzt?«, flüstert Flora.

Drüben legen sich Konni und der dicke Eric die Hände über die Augen und spähen zur Insel, beide mit Zigarette im Mund. Was, wenn die beiden sie jetzt doch noch auf der Insel entdecken? Aber da kriegt Konni Rauch ins Auge und fängt an zu husten. Eric lacht ihn aus.

»Mann ey, machst du dir etwa in die Hose?«

Jetzt sind es noch vier Minuten bis zur nächsten Stunde. Als es nur noch drei Minuten sind, schnippt Konni seine Zigarette ins Wasser.

»Los, lass uns abhauen! Wir kommen nach der Schule wieder. Dann haben wir Zeit genug, das ganze Ufer abzusuchen.«

Leo läuft es kalt über den Rücken. Zum Glück verschwinden die blöden Jungs.

»Jetzt kommen wir zu spät«, sagt sie. »In einer Minute haben wir Musik.«

»Na, dann los!« Johan springt auf, klopft sich die Hose ab und will gerade das Floß ins Wasser schieben.

»Warte mal«, sagt Leo. »Wenn wir jetzt lospaddeln, dann finden die heute Nachmittag unser Floß am Ufer. Ich hab eine bessere Idee. Wie wäre es, wenn wir es hier gut verstecken?«

»Auf der Insel?« Flora sieht sie an, als wäre sie verrückt.

»Ja. Hier finden sie es ganz sicher nicht.«

»Und wie sollen wir zurückkommen?«

»Der Teich ist nicht tief. Wir könnten durch das Wasser waten.«

»Und unsere Klamotten?«

»Die ziehen wir aus und tragen sie als Bündel auf dem Kopf.«

»Durch diese Brühe?« Johan verzieht das Gesicht.

»Ja, genau«, meint Leonie. Es bleibt keine Zeit mehr zum Diskutieren. Die dritte Stunde hat bereits begonnen.

Zweites Kapitel,
in dem man in Entengrütze badet
und sich als Seerosenforscher ausgibt

Sie ziehen ihre Sachen aus. Johan dreht den Mädchen den Rücken zu.

»So ein Mist aber auch«, brummt er. »Jeder weiß doch, dass man nicht mit vollem Magen schwimmen gehen soll.«

»Du sollst ja auch nicht schwimmen, sondern waten«, sagt Leonie. »Bestimmt hast du bloß Schiss, dass wir dein Dingsda sehen.«

Sie grinst, dabei ist ihr selber etwas mulmig dabei, sich ganz auszuziehen. Dieses Jahr haben sie sich noch nicht nackt gesehen, denn sie waren ja noch nicht baden. Und jetzt müssen sie splitternackt durch den Tümpel waten.

»Johan, du darfst dich nicht umgucken!« Leo zieht ihr lila T-Shirt aus.

»Okay.« Johan schielt über die Schulter. Flora hat schon alles ausgezogen. Sie zieht sich auch nie hinterm Handtuch um. Sie ist Nacktsein gewohnt, denn im Sommer fährt sie mit ihrer Mutter öfter zu FKK-Seen. Leo fühlt sich da nicht so wohl.

Johan ist noch in Unterhose, eine blaue mit schwarzen Totenköpfen. Leo patscht ihm auf den Rücken. »Guck nach vorn!«

»Aua! Das ist ungerecht. Ich muss vor euch hergehen und ihr könnt glotzen.«

»Stell dich nicht so an!« Flora kichert. Johan zieht mit zusammengekniffenen Knien seine Shorts aus.

Dann stopfen sie Unterhosen und Socken in die Hosentaschen, wickeln die T-Shirts ein und knoten die Hosenbeine zusammen. Das Wasser ist nicht kalt, aber glitschig. Die dicke Schicht Entengrütze wabert auf der Oberfläche; es sieht aus, als würde es in dieser Brühe nur so von Krokodilen wimmeln.

Leo hält die Luft an. Sie muss aufpassen, dass sie nicht ausrutscht, denn der Grund ist ganz matschig; das ist altes Laub, das sich auflöst. Sie sacken bis zu den Knöcheln darin ein.

»Iiiih!«, sagt Johan. Sein weißer Hintern leuchtet. »Ich hab bestimmt gerade eine Blutegelfamilie zerquetscht.«

Flora ist die Einzige, die sich nicht beschwert. Sie läuft fast immer barfuß, ihre Füße sind an jeden Untergrund gewöhnt. Sie hat ein anderes Problem: Sie ist die Kleinste. Schon nach wenigen Schritten ist sie bis zu den Schultern im Teich verschwunden und sie haben noch nicht mal die Hälfte geschafft.

Leo beißt die Zähne zusammen. Seitdem Johan das Wort »Blutegel« ausgesprochen hat, würde sie am liebsten schnell ans Ufer schwimmen, aber sie muss ja das Kleiderbündel auf dem Kopf festhalten. Das darf auf keinen Fall ins Wasser fallen, und eine Ausrede für Frau Burzweiler, ihre Klassenlehrerin, muss ihnen auch noch einfallen. Die ist zwar nett und lustig und gibt auch gerne gute Zensuren, aber sogar *ihre* Gutmütigkeit hat Grenzen.

Flora geht das Wasser schon bis zum Kinn. Sie kommt kaum noch vorwärts. Mit einem Arm rudert sie, um ihr Gleichgewicht zu halten, mit dem anderen drückt sie ihre Sachen fest auf den Kopf. Auch bei Leonie schwappt die grüne Brühe bis an ihr Schlüsselbein. Johan hat's gut, er hat schon die Mitte überschritten und das flache Ufer erreicht. Sein weißer Hintern kommt wieder zum Vorschein.

»Ich kann nicht mehr!«, ruft Flora und keucht.

»Halte noch ein kleines bisschen durch«, sagt Leo. »Wir haben es gleich geschafft!«

Flora reckt das Kinn hoch, aber das Wasser steht ihr bis zum Mund. Sie kneift die Lippen aufeinander, geht keinen Schritt weiter. Leo hat selbst keine Kraft mehr, aber sie spürt, dass Flora am Ende ist. Flora macht nie große Worte. Wenn sie etwas sagt, ist es auch so. Ihre großen braunen Augen sind voller Angst.

In dem Moment rennt Johan aus dem Wasser und wirft seine Klamotten in hohem Bogen über das Schilf. Dann kehrt er um und kommt zurück. Langsam, wie ein Krokodil, schwimmt er auf Flora und Leo zu, bemüht, nicht so viele Wellen zu machen. Er nimmt Flora das Bündel ab, dann packt er auch Leonies, hält beide hoch wie ein Kellner ein Tablett. Im Nu schwimmen die Mädchen an Land.

Sie kreischen, verschwinden hinter einem Busch, hüpfen auf der Stelle herum und schütteln sich wie junge Hunde. Sie haben grüne Entengrützenstreifen am Kinn, an der Schulter und an den Beinen. Johan spendiert seine Socken zum Abtrocknen, er wirft sie den Mädchen über die Büsche zu. Seine Totenkopf-Unterhose hat er schon wieder an.

»Danke!«, ruft Flora. »Du hast mein Leben gerettet!« Johan strahlt wie ein echter Held.

Floras Haare sind nass. Leo sucht nach einem Gummiband in der Hosentasche, findet aber nur eine Büroklammer. Sie biegt sie auf, macht Flora einen Pferdeschwanz und klemmt ihn mit der Büroklammer zusammen.

»Jetzt fällt es nicht mehr auf, dass sie nass sind«, sagt sie. Sie selber hat kurze, blonde Haare, die trocken geblieben sind.

Die Kinder stürzen sich in ihre Klamotten und laufen zurück zur Schule, über den Schulhof, die Steintreppe hoch, am ausgestopften Wildschwein vorbei – da kommt gerade Frau Langemann, die Direktorin, aus dem Sekretariat.

Leo, Flora und Johan ducken sich hinter dem Keiler.

»Nein, nein, nein, nein, nein!«, sagt Frau Langemann. Seltsam, sie scheint mit sich selbst zu reden. Und es sieht auch so aus, als weinte sie.

Was hat das zu bedeuten? Frau Langemann ist sonst ein fröhlicher Mensch. Jetzt schnäuzt sie sich in ein Taschentuch und verschwindet um die Ecke. Die Kinder warten, bis ihre Schritte verhallen, dann rennen sie los, über den Flur zum Klassenzimmer.

Die Tür steht offen, Frau Burzweiler kommt ihnen entgegen. Sie tippt auf ihre Armbanduhr.

»Wo kommt ihr denn jetzt her? Vor genau zehn Minuten hat die Stunde begonnen! Ich wollte gerade die Freiwillige Feuerwehr anrufen, dass die einen Suchtrupp losschicken.« Zum Glück schmunzelt sie ein bisschen.

»Wir waren am Teich und wollten eine heimische Seerose beobachten«, stammelt Leo.

»Für Sachkunde«, sagt Johan. »Um sie mit den Wasserlilien vom Amazonas zu vergleichen.«

»Aber dann ist Flora plötzlich schlecht geworden«, sagt Leo. Das haben sie vorhin beim Anziehen noch schnell besprochen.

»Sie musste kotz... äh, sich erbrechen«, fährt Johan fort. »Sie hatte plötzlich so komische Magenkrämpfe. Vielleicht hat sie was Falsches gegessen.«

Flora hält sich den Bauch und beugt sich ein bisschen nach vorn. Dabei fällt ihr die Büroklammer aus den Haaren.

»Deine Haare sind ja ganz nass«, sagt Frau Burzweiler.

»Das ist Kotzschweiß«, sagt Johan. »'tschuldigung. Ich meine Schweiß vom Erbrechen.« Die ganze Klasse lacht. Frau Burzweiler auch.

»Wir haben jetzt nicht Theater-AG«, sagt sie, »sondern Musik.« Sie fasst Flora am Arm. »Geht es dir denn wieder besser?«

Flora nickt schnell.

»Du bist ja noch ganz grün im Gesicht.« Frau Burzweiler wischt Leo Entengrütze von der Wange. Als Lehrerin, die auch Sachkunde gibt, erkennt sie natürlich, was das ist. Leonie wird knallrot.

»Das nächste Mal möchte ich, dass ihr mich sofort holt, wenn hier wieder jemand einen Kotzkrampf kriegt«, sagt sie. »Und jetzt marsch auf eure Plätze, ihr Seerosenforscher!«

Frau Burzweiler spielt oft »strenge Lehrerin« und benutzt dann einen Befehlston. Dabei ist sie alles andere als streng.

Über ihren Befehlston kann sie sich selbst köstlich amüsieren. Sie hat mal erzählt, dass ihre Lehrerin sie früher immer so herumkommandiert hätte wie in der Armee. Aber das sei leider überhaupt nicht lustig gewesen. Zum Glück sind diese Zeiten vorbei.

Leo und Flora sausen zu ihren Plätzen. Johan schwingt sein Bein von hinten über seinen Stuhl, als wäre der Stuhl ein Pferd.

Frau Burzweiler hat es gesehen und sagt: »Na, dann können wir ja jetzt anfangen … und zwar in vollem Galopp!«

Drittes Kapitel,

in dem man nicht glauben kann, was man hört,
und sich entscheidet, erst mal abzutauchen

Die Schule ist aus, die drei Seerosenforscher verdrücken sich schnell aus dem Klassenzimmer. Frau Burzweiler hat ihnen vorhin noch gesagt, dass sie nächstes Mal, wenn sie am Teich Seerosen beobachten wollen, vorher Bescheid sagen sollen. Es ist zwar nicht verboten, am Teich zu spielen, aber trotzdem weiß jeder, dass man während der Pausen den Schulhof und den Garten nicht verlassen soll.

»Sie hätte es uns auch ganz verbieten können«, sagt Leo.

»Oder mit uns stundenlang darüber diskutieren.« Flora verdreht die Augen. Sie ist kein Freund von vielen Worten.

Sie gehen an dem ausgestopften Wildschwein und den Rehen vorbei. Ein Kitz, drei Ricken und ein Rehbock, mit riesigem Geweih. Die hat der alte Förster der Schule geschenkt, er ist auch Präparator. Und der Fußballverein hat den grünen Kunstrasen spendiert, damit die Rehe darauf grasen können. Auch wenn der Rasen ein bisschen zu grün ist, sieht es verdammt echt aus, und jedes Mal, wenn Leo um die Ecke flitzt, erschrickt sie vor den präparierten Tieren.

Die Kinder lieben ihre Schule, und zwar nicht nur wegen der ausgestopften Tiere, sondern auch weil die Lehrer nicht ständig an einem herumnörgeln – wie man es von anderen

Schulen hört – und weil die Schule mitten im Grünen liegt und es keine Klingel gibt und die Hofpausen eine halbe Stunde dauern. Ganz zu schweigen von den goldenen Stühlen in der Aula … Schade nur, dass Konni und Eric auch auf diese Schule gehen.

»Was ist denn bloß mit Frau Langemann los?«, sagt Leo. »Die war ja richtig verzweifelt.«

»Vielleicht ist ihr Kater gestorben«, meint Flora und kratzt an einem Mückenstich.

»Der dicke Kasimir?«, sagt Johan. »Der war so süß!«

Letzten Winter, als die halbe Klasse wegen einer Magen-und-Darm-Grippe nicht zur Schule kommen konnte, durften die anderen mit zu Frau Langemann nach Hause. Dort haben sie Kartoffelpfannekuchen gemacht. Jeder musste mithelfen. Erst Kartoffeln schälen, dann in eine Schüssel reiben, Eier dazugeben, Mehl, Salz, ein paar Haferflocken. Und Frau Langemann holte aus dem Keller selbst eingewecktes Apfelmus. Sie haben dann alle in der Küche eng beieinander um den Tisch gesessen. Draußen hat es geregnet und gestürmt, und unter dem Tisch hat Kasimir, der dicke Kater, an Johans großem Zeh geknabbert, was Johan zu plötzlichen Zuckungen und ab und zu einem Aufschrei veranlasste, zur Belustigung aller. Der Kater hat erst aufgehört, als Johan ihn auf den Schoß nahm und streichelte. Frau Langemann hat ihn schon seit 17 Jahren!

»Meint ihr wirklich, ihr Kasimir ist gestorben?«, fragt Flora. Jetzt hat sie ihren Mückenstich aufgekratzt. Er blutet. Normalerweise findet sie immer früh genug irgendwo ein Blatt Spitzwegerich, was gegen Mückenstichjucken hilft.

Leo zuckt die Schultern. »Frau Langemann war so traurig.«

»Und einen Mann hat sie ja nicht.« Flora leckt das Blut ab.

»Ein Mann ist doch wohl nicht mit einem Kater zu vergleichen«, sagt Johan.

»Stimmt. Männer kriegen später eine Glatze. Kater nicht.« Flora kichert. »Männer sind auch nicht so weich wie Katzen und können nicht so schön schnurren. Immerhin brauchen sie kein Katzenklo.«

Johan will sie in die Seite kneifen, aber Flora läuft quiekend los. Sie ist zwar sehr klein, aber sehr schnell. Selbst barfuß kann sie schneller rennen als Johan.

Leo rennt den beiden hinterher. Sie laufen über die kleine Brücke, ins Dorf, zum Lädchen. Johan hält sich die Seite. Leo muss auch verschnaufen.

Flora lacht. »Ach ja, mir fällt noch was ein: Männer können nicht auf Bäume klettern und keine Mäuse fangen!«

Wenn Flora erst mal von Männern anfängt. Das hat sie von ihrer Mama. Seitdem ihr Papa vor sieben Jahren auf Weltreise gegangen ist und auf den Philippinen eine neue Familie mit vier Kindern gegründet hat, spricht Floras Mutter nur noch schlecht über Männer.

Johan wühlt seine Hosentaschen durch, seinen Rucksack. »Vielleicht haben sich ja irgendwo noch ein paar Cents versteckt.«

»Hier!« Flora reicht ihm einen Euro. »Unseren Pfand-Euro für den Einkaufswagen bei *Aldi* durfte ich vorgestern behalten. Den spendier ich jetzt.«

Als sie das Lädchen betreten, stehen ein paar alte Frauen aus dem Dorf vor der Wursttheke und unterhalten sich. Frau Split, die Verkäuferin, schneidet gerade Wildschweinsalami in Scheiben.

»Guten Tag!«, sagen die Kinder und gehen zum Süßigkeitenregal.

»Wie wär's mit saurem Kaugummi?« Johan ist verrückt nach sauren Sachen.

Frau Split redet mit den Frauen und packt die Salamischeiben in eine Tüte.

»Sie war ganz aufgelöst«, sagt sie.

»Ach Gottchen, die Arme«, sagt eine der Frauen.

Leonie flüstert: »Wovon reden die? Etwa über ein Gespenst?«

»Ja«, sagt Flora und kichert. »Es hat sich in Luft aufgelöst und nun spukt es im Wald.«

Johan zischt, sie sollen mal leise sein. Leo hört, wie die Frauen weiter über eine gewisse Ingrid reden, der alle im Dorf so viel zu verdanken hätten, weil sie sich so viel Mühe mit der Schule gemacht habe …

»Häh?« Flora guckt Leo groß an. »Meinen die etwa Ingrid Langemann, unsere Direktorin?«

»Und jetzt«, sagt eine der Frauen, »wollen sie einfach die Schule dichtmachen. Als ob die Kinder heutzutage nicht schon nervös genug wären!«

»Das ist doch gar nicht möglich!«, sagt eine andere Frau.

»Darf es sonst noch was sein, Elisabeth?«, fragt Frau Split.

»Ach, gib mir noch 100 Gramm von der Bierwurst.«

Leo schießt das Blut in den Kopf. Johan nimmt drei saure Schnürsenkel und drängt die Mädchen zum Kuchentresen.

»Was bekommt ihr denn?«, fragt Frau Split.

»Einen Berliner bitte.« Flora zeigt auf die Teilchen. »Den da mit Puderzucker.«

Die Kinder zahlen und gehen hinaus.

»Dann war Frau Langemann vielleicht darum so fertig, weil die Schule geschlossen werden soll?«, fragt Leo.

»Aber man kann doch nicht einfach unsere Schule schließen!« Flora nimmt den Berliner aus der Tüte.

»Vielleicht haben wir das falsch verstanden«, sagt Johan.

»Genau. Das sind bestimmt nur Gerüchte.«

Sie schlendern über die Dorfstraße und beißen abwechselnd vom Berliner ab. Johan hat wieder mal Glück und trifft den Pflaumenmusklecks. Aber die Mädchen beschweren sich nicht. Leo schmeckt der Berliner heute nicht so gut wie sonst. Ihr geht die Sache mit der Schule nicht aus dem Kopf.

An der nächsten Abzweigung muss Leo nach links, Flora nach rechts und Johan geradeaus. Hier ist die Stelle, wo sie meistens entscheiden, was sie am Nachmittag machen.

»Es nützt ja nichts, dass wir jetzt anfangen zu grübeln«, sagt Johan. »Morgen früh gehen wir zu Frau Langemann und fragen sie, was los ist. Ja?«

Leo und Flora nicken.

»Also gehen wir nun nachher baden?« Johan hat Puderzucker an der Nase.

»Und was machen wir mit unserem Floß?«, fragt Flora.

»Erst mal gar nichts«, sagt Leo. »Die Idioten kommen doch nie darauf, dass wir es auf der Insel gelassen haben.

Ich jedenfalls würde gern schwimmen gehen. War ja alles ein bisschen viel heute, oder?«

Johan schnuppert in ihre Richtung. »Du riechst auch noch nach Entengrütze.«

»Du auch! – Also, wann wollen wir uns treffen?«

»Soll ich dich um zwei abholen, Flora, und dann fahren wir zusammen zu Leo?«

Flora nickt.

»Und du, Leo, kannst ja in der Zwischenzeit schon mal deinen Walfisch aufpusten.«

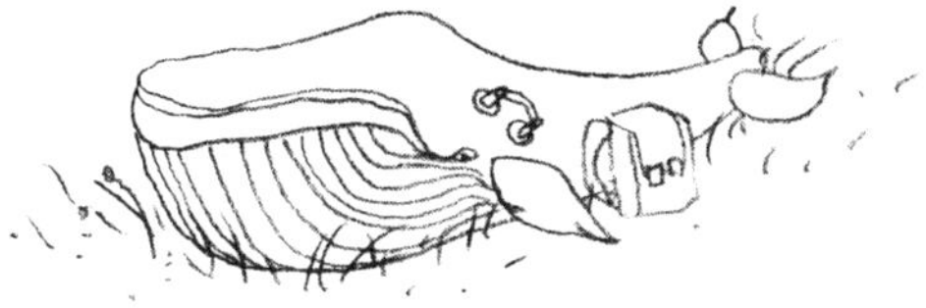

Viertes Kapitel,

in dem ein Walfisch erst aufgepustet
und dann abgemurkst wird

Um Viertel vor zwei stehen Flora und Johan mit Rucksäcken und Handtüchern unter dem Arm vor dem Schloss, in dem Leo mit ihren Eltern wohnt. Sie lehnen ihre Fahrräder an die Mauer. Flora pfeift auf zwei Fingern. Die Klingel funktioniert nämlich nicht.

Es gibt einiges, was in diesem alten Schloss nicht funktioniert, deshalb haben Leonies Eltern es auch für nur einen einzigen Euro kaufen können, mit Park, Kastanienallee und vielen kleinen Nebengebäuden, in denen früher die Kutschen und Pferde standen. Leos Eltern mussten beim Kauf unterschreiben, dass sie das Schloss renovieren, und zwar so, dass es einmal ähnlich aussehen wird wie früher. Das Schloss ist nämlich denkmalgeschützt. Aber bis jetzt haben Leos Eltern – Veronika und Franz Kupferberg – nur ein paar Räume von den 18 Zimmern hergerichtet, damit sie einigermaßen wohnen und arbeiten können.

Papa ist Schriftsteller und Mama Malerin. Beide hoffen, bald reich und berühmt zu werden, damit sie das Schloss wunderschön renovieren lassen können, mit Südterrasse und Wintergarten.

Leos Eltern arbeiten beide zu Hause; Papa schreibt im Turmzimmer, auf der Ostseite des Schlosses, und Mama hat den Roten Salon auf der Südseite, mit Fensterfront. Perfekt, denn Mama kann nur in einem sonnigen Atelier arbeiten.

Leo hat ein Erker-Zimmer auf der Westseite. Vor mehr als 100 Jahren, als noch ein Graf in diesem Schloss gewohnt hat, war es der Grüne Salon gewesen, ein Musik- und Lesezimmer mit einem großen, offenen Kamin. Leonie hat das auf Fotos im Heimatmuseum gesehen.

Im Winter rückt Leo ihren Schreibtisch, das Sofa und das Bett ganz nah an den Kamin heran, denn außer diesen Feuerstellen und ein paar klapprigen Öfen gibt es keine Heizung im Schloss. Deswegen ist es im Winter oft bitterkalt und durch die alten Schlossfenster pfeift der Wind.

Im Sommer räumt Leo wieder um und verteilt die Möbel weitläufig in dem großen Zimmer. Dann steht das Sofa vor dem Fenster, mit Blick nach draußen. So wie jetzt. Abends kann sie im Liegen den Sonnenuntergang beobachten.

Sie liegt auf dem Sofa und starrt hinauf zu der bröckeligen Decke. Es gibt da ein paar Dinge, die ihr keine Ruhe lassen. Dabei könnte es so schön sein! Es ist Mai, alles blüht und duftet und die Sonne scheint. Und sie haben so ein tolles Floß! Aber kaum war es eingeweiht, hat es die Aufmerksamkeit sämtlicher Dorf-Idioten geweckt und die wird man so schnell nicht abschütteln. Und dann dieses erschreckende Gerücht wegen der Schule. Was ist da bloß los?

Die Dorfschule hat es doch immer schon gegeben! Das alte rote Backsteinhaus mit dem Wetterhahn auf dem Schornstein ist schon seit 1904 eine Schule – und inzwischen sogar eine ganz besondere! In den letzten Jahren hat sie mehrere Preise bekommen, wegen dem Schulgarten mit den grünen Iglus, diesen selbst gebauten Buden aus Weidenstöcken, von Knöterich überrankt, die mal als Schulprojekt angelegt worden sind und in denen die Erstklässler ihre Waldküche haben. Leonie kann sich noch gut daran erinnern, was sie alles von zu Hause angeschleppt haben. Tüten, Tücher und Buddelzeug. Alte Bratpfannen und Kochtöpfe waren besonders heiß begehrt.

Und ein Baumhaus gibt es auch! Das hat Floras Mutter vor zwei Jahren gebaut. Eigentlich schreinert sie nur Möbel, aber das Baumhaus war eine richtige Herausforderung für sie gewesen und viele Kinder haben dabei mitgeholfen. Jeder hier kümmert sich um die Schule, und es ist immer was los, auch wenn kein Unterricht ist.

Das Schönste für Leo – mal abgesehen vom Baumhaus – war jedoch die Stuhl-Aktion. Da hat jeder aus dem Dorf der Schule einen Stuhl geschenkt, den der Hausmeister dann golden angesprüht hat. Jetzt stehen sie in der Aula. Alle Kinder waren zur Einweihung da. Die Theater-AG hat *Schneewittchen und die sieben Zwerge* aufgeführt und abends haben sie auf dem Schulhof Würstchen gegrillt. Das kam sogar in eine große, überregionale Zeitung.

Warum soll man ausgerechnet so eine tolle Schule zumachen, um die sich alle so bemüht haben? Warum nicht eine andere, eine mit normal langen Pausen, engen Klassenräumen und einem so schrillen Klingelton, dass man einen Gehörschaden davon kriegt? Warum ausgerechnet diese Naturschule, die nebenbei auch noch einen Gemüsegarten hat?

Aber es sind nicht nur diese Besonderheiten, die Leo an

ihrer Schule so mag, es ist einfach die ganze Atmosphäre, die gemütlichen Klassenräume mit den Sofaecken und den selbst gestalteten Wänden, da fühlt man sich einfach wohl. Leo kann sich eine andere Schule gar nicht vorstellen.

Plötzlich hört sie, wie draußen jemand auf den Fingern pfeift. Das muss Flora sein! Leo springt vom Sofa und öffnet das Fenster. Da stehen sie, Johan und Flora, mit Handtüchern und Taschen. Floras rotbraune Haare leuchten in der Sonne.

»Komme schon!«, ruft Leo. Sie rennt die langen Schlossflure entlang, an Mamas riesigen Bildern vorbei und rutscht das Geländer der Freitreppe hinunter. Johan und Flora stehen schon im Foyer.

»Wir können noch nicht los«, sagt Leo, ganz außer Atem. »Hab den Walfisch zwar gefunden, aber er ist noch platt. Ich muss auf meinen Vater warten, damit er ihn aufbläst. Aber bei dem ist noch Rot.«

Das kann dauern. Papa hat nämlich ein rotes Schild an der Tür von seinem Arbeitszimmer hängen: *Bitte nicht stören!* Auf der anderen Seite ist das Schild grün und hat die Aufschrift: *Bitte eintreten!*

Er hat das Schild bei irgendeiner Lesereise aus einem Hotel mitgebracht.

»Und wenn wir deine Mutter fragen, ob sie uns den Walfisch aufpustet?«, schlägt Johan vor.

»Dann frag du«, sagt Leo.

»Immer ich, warum denn nicht Flori?«

»Och, du Armer«, sagt Flora, die es gar nicht haben kann, wenn man sie Flori nennt.

Die drei gehen nach oben, in den Südflügel. Schon von Weitem hören sie Musik. Mama kann am besten malen, wenn die Musik ganz laut ist. Deswegen hat Papa sein Arbeitszimmer auch auf der anderen Seite des Schlosses. Sie hört mal wieder Mozart, das *Klavierkonzert Nr. 21 in C-Dur*, zweiter Satz. Leo kennt das Stück in- und auswendig. Das hat sie schon im Mutterbauch gehört.

Leo und ihre Freunde gehen durch einen Saal, in dem ein paar Skulpturen stehen und jede Menge Bilder, die an die Wand gelehnt sind. Es riecht nach Gips und Farbe.

Leo öffnet die Flügeltür zum Atelier. Mama steht auf einer Trittleiter und bearbeitet gerade mit zwei Pinseln eine riesige Leinwand.

»Hallo, ihr drei! Ich dachte, ihr wolltet zum See?«

»Ja.« Leo stupst Johan in die Seite.

Johan druckst herum: »Ach, könntest du vielleicht, ähm, den Walfisch, ich meine, Leos Walfisch kurz aufpusten?«

Veronika kommt die Leiter herunter. Sie hat genauso kurze blonde Haare wie Leo. Ihre Jeans und das schwarze T-Shirt sind mit Farbe bekleckert. Sie ist meistens mit Farbe bekleckert, deswegen hat sie in der Küche auch einen eigenen Stuhl. Der Stuhl sieht schon ziemlich bunt aus. Mama geht zur Anlage und stellt die Musik leiser.

»Wie bitte? Was wollt ihr?«

»Äh«, sagt Johan. – Aber mehr kommt dann nicht.

»Bitte, Mama, du musst uns helfen!«, fleht Leo.

Mama lacht. »Jedes Jahr dasselbe Theater. Dieser verdammte Fisch geht wohl nie kaputt, was? Habt ihr wenigstens die Pumpe gefunden?«

Leo schüttelt den Kopf. »Nein, sonst würden wir ihn ja allein aufpumpen.«

Mama stellt ihre Pinsel in ein Wasserglas und wischt sich die Hände ab. Sie geht mit den Kindern hinunter, ins Foyer, zum Walfisch.

»Was ist mit Papa?«

»Rot«, sagt Leo.

Mama seufzt, setzt sich auf die Treppe, legt sich die schlaffe Walhaut über die Knie und sucht das Ventil. Leise und kraftvoll fängt sie an, in den Wal zu pusten. Nach einer Weile gibt sie das Ventil weiter an Leo. Alle pusten abwechselnd, bis ihnen schwindelig wird. Der Walfisch ist immer noch eine graue Hülle mit hängenden Flossen. Langsam nimmt wenigstens der Walkopf schon mal Formen an. Der Walfisch ist in voller Länge über zwei Meter groß.

Endlich kommt Papa die Treppe runter.

»Was macht ihr denn da Schönes?«

»Hier, darfst auch mal!« Mama reicht ihm den Wal.

Papa pustet laut, sein Brustkorb hebt und senkt sich; rote Flecken schlängeln sich seinen Hals hinauf. Langsam haucht er dem Fisch Leben ein. Der Fisch wird immer größer und Leos Papa immer kleiner, bis er schließlich ganz hinter dem Walfisch verschwindet.

Die Kinder schnappen sich den Fisch und laufen zum See. Leider sind sie nicht die Einzigen, die die Idee gehabt haben, heute die Badesaison zu eröffnen.

Am seichten Sandstrand tummeln sich die Kindergartenkinder und neben dem Schilfstreifen sitzen ein paar von den Frührentnern und Arbeitslosen im Schatten. Zwei von ihnen haben gestern noch die Straßenränder im Dorf gemäht. Davon können sie sich wohl wieder Bier leisten. Eine ganze Kiste steht zum Kühlen im Wasser. Ein dünner junger Mann, in weißem Unterhemd und mit roten Schultern, macht eine Flasche mit den Zähnen auf.

»Bring mir auch 'ne Pulle mit, Dieter!«, ruft ein älterer.

In der nächsten Bucht spielen drei Rentner Karten. Sie haben Campingstühle dabei. Im Hintergrund packen zwei Omis panierte Schnitzel aus. Ein Mann mit nacktem Oberkörper und riesiger Schwabbelwampe wirft ein Kreuz-Ass auf eine Kühlbox und lacht laut. Sein Rücken ist behaart wie bei einem Affen.

Leo schaut Flora an. Ein Blick genügt, und sie weiß, dass Flora gerade dasselbe durch den Kopf geht: Dass die hässlichsten Männer auch noch halb nackt rumlaufen müssen!

»Schade, dass es keine Badeanzüge für Männer gibt«, sagt Flora ihr leise ins Ohr.

Leo nickt. »Ja, am besten solche mit Reißverschluss bis zum Kinn.«

»Und mit langen Ärmeln, damit die Rückenbehaarung nicht herausquillt.«

In der nächsten kleinen Badebucht ist zum Glück noch keiner. Johan breitet seine Decke aus. Alle haben ihre Badesachen schon zu Hause angezogen.

Das Wasser plätschert in kleinen Wellen an den Sandstreifen. Es wimmelt von Kaulquappen. Aus dem Schilf quaken Frösche. Früher, als Leonie noch klein war und mit ihrer Mutter baden ging, hat sie die Kaulquappen mit der Hand gefangen und sie ganz genau betrachtet. Sie kitzelten auf der

Handfläche, besonders wenn kaum noch Wasser da war und sie sich über die nasse Haut schlängelten. Aber dann hat sie sie schnell wieder in den See zurückgetan.

Flora ist die Erste, die ins Wasser geht. Sie holt nur einmal tief Luft und lässt sich fallen. Leo geht als Nächste. Sie kreischt. Mann, ist das kalt! Nicht zu vergleichen mit der warmen Entenbrühe vom Schulteich.

Die Mädchen spritzen Johan nass.

»Na los, komm schon!«, rufen sie.

Aber Johan hat bereits eine Gänsehaut, allein vom Wasser-Angucken.

»Es ist gar nicht mehr kalt, wenn man drin ist!«, ruft Leo. Flora liegt auf dem Rücken und krault. Johan schiebt den Walfisch ins Wasser. Zeh für Zeh kommt er nach. Er hält bei jedem Schritt die Luft an. Jede einzelne Rippe ist zu sehen.

Flora versucht, auf den Walkopf zu klettern, Johan aufs Mittelteil und Leo auf die Schwanzflosse. Aber kaum ist einer oben, rutscht der andere wieder ab, und als sie es einmal alle drei auf den Wal schaffen, geht er unter und sie plumpsen ins Wasser.

Später, mit blauen Lippen und runzeligen Fingern, liegen sie, in Handtücher eingemümmelt, auf der Decke. Ausgerechnet jetzt hat sich eine dunkle Wolke vor die Sonne geschoben. Johan klappert mit den Zähnen.

»Du musst mehr Schokolade essen«, sagt Flora. »Pfannkuchen, Pudding und all so'n Zeugs, was dick macht. Fett wärmt nämlich. Auf deinen Rippen kann man ja Klavier spielen.«

Er zuckt vor Floras Fingern weg. »Oh ja, gern! Schokolade, Kuchen.«

»Als Igel hättest du keine Chance, auch nur einen Winter zu überleben«, sagt Flora. Sie kramt Äpfel und Bananen aus ihrer Tasche und legt sie auf die Decke.

»Ich bin aber kein Igel«, sagt Johan.

»Ach ja, was bist du noch mal?«

»Ein Mann.« Er grinst wie ein Mann. Die Mädchen prusten los.

Dann sagt Leonie: »Zum Glück bist du kein Igel. 25 Prozent der Igel werden nämlich schon im ersten Lebensjahr überfahren.«

»Das ist jeder vierte!« Flora kann nicht nur gut rennen und sticheln, sie kann auch gut rechnen.

Leo legt nun drei Brötchen mit Käse auf die Proviantstelle und Johan packt drei Brote mit Schinken aus.

Flora leckt sich die Lippen. »Toll, wieder der leckere Schinken!«

»Wenn deine Mutter wüsste, dass ich dir tote Tiere zu essen gebe …«, sagt Johan.

»Dann wärst du ein toter Mann.« Flora nimmt sich ein Schinkenbrot und beißt ab. »Hmmm! Lecker!«

Leo verdreht die Augen. Die beiden benehmen sich manchmal wirklich wie Verknallte.

Sie schiebt sich den Walfisch wie eine Sofalehne in den Rücken und blinzelt in den Himmel. Der Wind kräuselt das Wasser. Im Wald ruft ein Kuckuck. Die dicke Wolke ist verschwunden und Sonnenstrahlen wärmen die wasserkalte Haut. Genau darauf hat sich Leo den ganzen langen Winter gefreut!

»Seid mal leise«, sagt Flora. Sie lauscht. Flora hat ein Gehör wie ein Luchs. Leo hat noch Wasser im Ohr.

»Hör mal auf zu kauen!«, sagt Flora zu Johan.

Jetzt hört es Leo auch. Stimmen. Und keine unbekannten. Jemand ruft: »Vielleicht haben sie es in der Sandbucht versteckt!«

Fahrräder fallen zu Boden. Keine Minute später kommen Konni und Eric durchs Gebüsch. Sieh an, der kleine Gregor ist auch dabei. Eigentlich ein unscheinbarer, stiller Junge. Warum der sich diesen beiden Dorfdeppen angeschlossen hat, ist Leo schleierhaft. Gregor macht denen alles nach. Wenn Eric jemandem im Vorbeigehen ein Bein stellt oder einen auf der Treppe schubst, versucht Gregor es auch gleich.

Konni hat eine Zigarette im Mundwinkel hängen und guckt sich um. Eindeutig, er sucht das Floß!

»Kommt mit!«, sagt er zu Eric und Gregor. »Wir machen 'ne Biege. Hier gibt es eh nur Babys, die mit ihren Kuscheltieren baden gehen.« Er zeigt auf den Wal.

Die anderen lachen. Eric zündet sich auch eine Zigarette an und gibt die Schachtel an Gregor weiter.

Konni schnippt die Asche seiner Zigarette auf Johans Badedecke. »Los, Leute, wir gehen zum Steg! Da haben wir wenigstens keine Mädchen vor Augen.«

»Ganz meinerseits«, sagt Flora. Ihre Stimme funkelt vor Wut.

Konni spuckt auf den Boden. Eric spuckt auch auf den Boden, ziemlich nah neben dem Proviant.

Konni kommt einen Schritt näher. »Los, raus mit der Sprache! Wo habt ihr das Floß versteckt?«

»Was geht dich das denn an?«, sagt Johan so gelangweilt wie möglich. Ganz schön mutig!, findet Leonie.

»Halt's Maul, Schrubber«, sagt Konni.

Konni hat kurz geschorene Haare, noch kürzer als der übliche Jungenpottschnitt im Dorf. Johans lange Haare kann er gar nicht leiden. Andauernd kommen irgendwelche Sprüche. Aber Sprüche ist Johan ja gewohnt. Sein Opa sagt auch immer: »Lange Haare, kurzer Verstand.«

Dabei ist Johan der Beste in der Klasse und sein Opa hat früher – trotz Kurzhaarschnitt – nur den Hauptschulabschluss geschafft. Wenn Konni so weitermacht, wird er nicht mal das schaffen.

Konni steht vor Johan. Leo ist bereit, sich zwischen sie zu werfen, falls sie aufeinander losgehen. Aber Konni steht nur da und raucht. Er ist kleiner als Johan, dafür muskulöser und zwei Jahre älter. Eric steht neben ihm. Er ist dick, immer schon gewesen. Bei ihm wackelt alles, wenn er sich bewegt. Die beiden sind ein perfektes Team. Konni zettelt Streit an, und Eric wartet nur darauf, jemandem wehtun zu dürfen. Leo hat er mal einen Kaugummi in die Haare geklebt. Damals hatte sie noch lange Haare und der Kaugummi musste herausgeschnitten werden. Danach konnte sie sich keine Zöpfe mehr machen. Mama ist damals zu Frau Haase gegangen, Erics Mutter, und hat sich beschwert, aber die sagte nur: »Mein Gott, das sind halt Kinder!«

Was soll das denn heißen? Meint sie etwa, dass alle Kinder so sind wie ihr Eric?

In der letzten Zeit hackt Eric gern auf Johan herum, aber nur, wenn er mit Konni unterwegs ist. Alleine traut sich der Fettsack nicht. Und Konni scheint mehr und mehr in die Fußstapfen seiner Brüder zu treten, eckt mit jedem an, genau wie sein Vater, den man schon nachmittags laut besoffen durchs Dorf torkeln sieht und dem man besser nicht in die Quere kommt.

»Ich würd so gern mal mit dem Floß fahren«, sagt Gregor. Er wohnt im selben Viertel wie Eric, im Neubaugebiet.

»Sülz hier nicht rum!«, fährt Konni ihn an. »Wir haben es nicht nötig, zu bitten, ob wir irgendwo mitfahren dürfen. Wir holen uns, was wir wollen, klar?«

Daraufhin geht er einen Schritt vor und klaut sich ein Schinkenbrot. Eric lacht dreckig und macht es ihm nach.

Im Nu ist Flora aufgestanden. »Gebt die sofort wieder her!«

Sie, als Kleinste, kann am wütendsten werden. Mit einem Satz springt sie auf die Jungs zu und reißt erst Konni, dann Eric das Brot aus der Hand, bevor auch nur einer von den beiden abbeißen kann. Da bückt sich Konni plötzlich, starrt auf ein Stück Papier und hebt es auf. Es ist nur Kaugummipapier, aber Konni sieht auf das Papier und blickt sich dann nach allen Richtungen um, als suche er was.

»Mann, Alter, sammelst du hier jetzt den Kindermüll auf, oder was?«, fragt Eric.

»Halt's Maul!«, fährt Konni ihn an und tritt gegen den Wal.

»Aua!«, sagt Eric mit verstellter Stimme und grinst Konni an, wohl um sich bei ihm schnell wieder einzuschleimen. Konni tritt noch mal gegen den Wal.

»Lass das!«, schreit Leo und baut sich neben Flora auf. Johan bleibt lieber ein bisschen hinter Leo. Er erinnert sich wahrscheinlich daran, wie die beiden ihm seinen Hufkratzer weggenommen haben. Ausgerechnet den tollen aus Bronze, mit dem grünen Haken. 2 Euro 70 hatte er dafür ausgegeben und der neue war dann gleich noch einen Euro teurer. Abgesehen von der Kohle war das auch eine furchtbare Situation gewesen. Er war sich so verdammt hilflos und blöd vorgekommen, aber was hätte er denn machen sollen? Wenn er sich gewehrt hätte, hätten sie ihn verkloppt. Er hat ja gespürt, dass sie nur darauf gelauert haben.

Jetzt gucken sie Johan schon wieder so an, als wollten sie ihm gleich an die Wäsche.

Leo kann Floras Wut fühlen, sie ist kurz davor, auf Konni und Eric loszugehen.

Da sagt Konni: »Wir wollen uns doch nicht mit Mädchen schlagen! Und mit diesem Schrubber da schon gar nicht.« Er wirft Johan einen finsteren Blick zu.

»Verpisst euch!«, schreit Flora und schubst Konni mit voller Wucht gegen die Brust. Er taumelt ein paar Schritte zurück und tritt Eric dabei auf die Zehen. Eric hüpft vor Schmerz auf der Stelle herum. Sein Doppelkinn wackelt. Dann macht er einen Satz vor, als wolle er sich auf Flora stürzen.

Flora imponiert das überhaupt nicht. »Komm doch her, wenn du dich traust!«, zischt sie leise.

Aber Eric traut sich nicht, er starrt wortlos auf die kleine

Flora, die durch ihre Entschlossenheit und Wut mehr Kraft ausstrahlt als alle drei Jungs zusammen.

Keiner bewegt sich, alle gucken nur. Gregor raucht hastig und muss husten. Dann nimmt Eric seine Zigarette, bückt sich blitzschnell und drückt sie auf dem Wal aus.

Im Nu verschwinden sie durch die Büsche.

Flora schlägt den Zigarettenstummel weg. Schweigend hocken Leo, Flora und Johan sich auf die Decke. Der Appetit ist ihnen vergangen. Der Walfisch hat ein Brandloch im Rücken und sinkt langsam in sich zusammen.

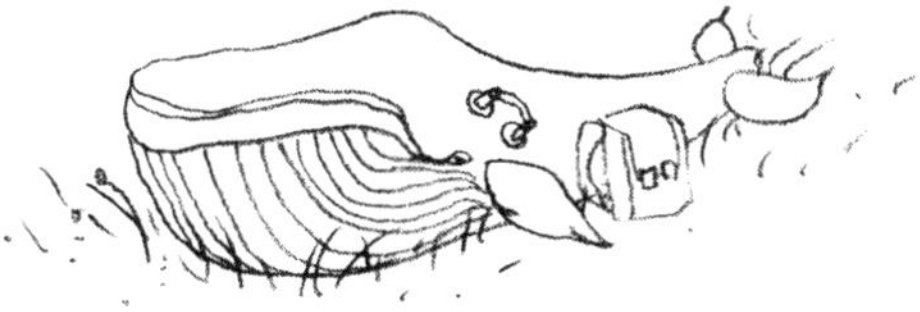

Fünftes Kapitel,
in dem ein Vorhang sich bewegt
und es beim Bäcker außer Brötchen auch Gerüchte gibt

»Das darf ja wohl nicht wahr sein!« Papa hält den schlaffen Wal auf den Armen.

»Und unser Floß wollen sie auch klauen«, schimpft Leo. »Seit Tagen belauern sie uns. Wir haben es auf der Enteninsel versteckt.«

»Super Ort, wirklich«, sagt Papa. »Könnte man literarisch verwerten.«

»Franz!« Mama schaut ihn böse an. »Du bist so was von taktlos!«

»Wieso? Ich sage ja nur, dass es eine tolle Idee ist, das Floß auf der kleinen Insel zu verstecken. Habt ihr es auch sorgfältig mit Ästen und Blättern verdeckt?«

»Natürlich!«

»Dann ist es dort super aufgehoben.«

»Sag nicht immer ›super‹, Papa. Das ist überhaupt nicht literarisch wertvoll. Außerdem ist es blöd, wenn das Floß auf der Enteninsel festsitzt. Dann können wir nämlich nicht damit spielen! Nur wegen diesen Idioten. Wir haben so geschuftet und Johan hat sich zweimal mit dem Hammer auf den Daumen gehauen, und was meinst du, wie viel Splitter wir in den Händen hatten, bis alles richtig hielt und saß! Und jetzt verrottet es auf der Enteninsel! Das ist so gemein! Ihr müsst unbedingt mit Konnis und Erics Eltern sprechen! Wir kommen allein nicht gegen sie an!«

Papa reibt sich das Stoppelkinn und schaut unter die Zimmerdecke. Wenn er so hochguckt, steckt er in Gedanken noch in seinem Roman.

»Franz«, sagt Mama. »Wir haben ein reales Problem. Hier, bei uns.«

»Ja, ja«, sagt Papa und hört auf, sich das Kinn zu reiben. »Dann wollen wir doch als Erstes mal diesen armen Fisch hier verarzten, oder? Veronika, wo ist das Flickzeug für die Luftmatratzen?«

Mama zuckt die Schultern. »In der Kiste, in der die Luftmatratzen sind.«

»Und wo sind die Kisten mit den Luftmatratzen?«

»Wahrscheinlich im alten Heizhaus, wo die anderen Kisten auch stehen.«

Leo verdreht die Augen. Papa stellt sich manchmal wirklich zu blöd an.

»Du gehst sie suchen«, sagt Mama zu ihm, »und ich rufe jetzt bei Konnis und Erics Eltern an.«

Bei Köhlers geht keiner ans Telefon und bei Haases meldet sich nur der Anrufbeantworter. Und Papa kann auch die Kisten mit den Luftmatratzen nirgendwo finden.

»Ich verstehe das nicht«, sagt er. »Sie müssen doch irgendwo sein …«

»Ganz bestimmt sind sie irgendwo. Und zwar irgendwo, wo du noch nicht gesucht hast«, sagt Mama spitz. »Dann zieh ich mich jetzt mal um und fahre mit euch ins Dorf. Es macht sich sowieso besser, wenn man persönlich mit den Leuten spricht.«

Wenig später fahren sie mit den Fahrrädern durch die Kastanienallee und über die kleine Brücke ins Dorf. An der Schule hält Mama an. Auf dem Schulhof spielen größere Kinder Basketball. Ihr war, als hätte sie Konrad gesehen.

»Der spielt doch kein Basketball mehr, Mama«, sagt Leo. »Der spielt überhaupt nichts mehr, seitdem er mit Eric rumhängt.«

»Vielleicht ist er ja trotzdem im Hort?«

Mama scheint es einfach nicht zu kapieren, dass Konrad längst nicht mehr zu den Hortkindern gehört. Leo hat mal mitgekriegt, wie Frau Frische, ihre Sport- und Schwimmlehrerin, versucht hat, ihn wieder zum Spielen zu überreden. Aber Konni ist das jetzt alles zu kindisch. Dabei gibt es für jede Altersstufe Angebote, nicht nur für die Kleinen, die eh lieber in den grünen Iglus spielen.

»Wollt ihr nicht mal schnell reinlaufen und nachschauen, ob Konrad und Eric da sind?«, fragt Mama.

»Nein! Sie sind da nicht! Und selbst wenn, das würde auch nichts nützen!« Allmählich wird Leonie wütend. Sie will, dass Mama mit den Eltern spricht – und zwar Klartext! –, damit Konni und Eric sie in Ruhe lassen!

Sie steigen auf und fahren weiter, am Teich mit der Enteninsel vorbei. Das Floß kann man nicht sehen. Wenigstens das ist gut.

Köhlers wohnen auf der anderen Seite des Dorfes, in der

Sozialsiedlung, wo der Schubkarrenmann wohnt, der immer mit seiner Schubkarre einkaufen geht, und auch die anderen Arbeitslosen, die ab und zu mal zum Straßenränder-Mähen eingesetzt werden und dann wieder arbeitslos sind.

Leonie war schon lange nicht mehr hier. Zuletzt ganz früher mal, als sie mit Johan und Flora mit Ponys ausgeritten sind. Die Mütter hatten die Ponys geführt, auch an dieser Siedlung vorbei, wo alle Häuser klein und grau sind, mit rissigem Putz und notdürftig geflickten Dächern.

Köhlers Haus steht ein bisschen abseits von der Siedlung. Im verwilderten Vorgarten liegen alte Waschmaschinen und Kühlschränke herum. Hühner scharren um den Schrott. Dazwischen eine Wäscheleine mit verhedderten Hemden und ausgewaschenen Babysachen, als würden sie nie abgenommen. Hier wohnt also Konrad mit seinen Eltern und den vielen Geschwistern.

Einige der Köhler-Kinder sieht man ja öfter im Dorf, früher auch die großen Brüder, aber die sind jetzt bei der Bundeswehr. Und dann war da noch ein dickeres Mädchen, das zu dritt mit den Zwillingen auf einem Fahrrad durch die Gegend eierte. Alle drei entweder barfuß oder in Gummistiefeln und immer mit grünen Rotznasen. Mama hat mal gesagt, die Köhler-Kinder ziehen sich gegenseitig groß. Das dickere Mädchen ist letzten Sommer mit gerade mal 15 schwanger geworden, von dem Bruder des Schubkarrenmannes. Die sind dann weggezogen und haben noch mehr Kinder gekriegt. Leo hat sie vor Kurzem mal im Einkaufszentrum vor der Stadt gesehen.

Ein schwarzer Hund liegt an einer Eisenkette und kläfft

sich die Kehle heiser. Aus einem offenen Fenster flattert eine graue Gardine. Die Klingel ist neben der Gartenpforte. Leos Mutter klingelt zweimal hintereinander. Die Kinder recken die Köpfe. Von irgendwo kommen Stimmen, aber niemand zeigt sich.

Mama klingelt noch einmal. Als sich immer noch nichts tut, ruft sie: »Hallo, Frau Köhler?!«

Aber es meldet sich keine Frau Köhler. Dafür flitzen zwei Kätzchen durch den Vorgarten, klein und dürr, mit tränenden Augen. Dem einen fehlt ein Stück Schwanz.

»Da!« Johan zeigt auf die Gardine oben im ersten Stock. Sie wackelt. »Da war gerade jemand!«

Mama klingelt noch einmal. – Nichts. Sie warten ein Weilchen, aber es macht niemand auf.

»Mist!« Leo stampft mit dem Fuß auf.

»Kommt«, sagt Mama und steigt aufs Rad. »Ich werde versuchen, Köhlers heute Abend anzurufen.«

Heute Abend, heute Abend. Das wird doch sowieso nichts!

Leonie dreht sich noch mal um. Da sieht sie ein kleines Mädchen oben am Fenster. Irgendwo hat sie die Kleine schon mal gesehen. War es vielleicht das Mädchen am Teich, das so schnell weggelaufen ist? Aber hatte die nicht viel längere Haare?

Als sie vom Rad springt und sich noch mal umschaut, ist das kleine Mädchen verschwunden. Nur die Gardine wackelt noch ein bisschen.

Sie fahren weiter ins Neubaugebiet, aber bei Haases macht auch niemand auf. Klar. Erics Eltern arbeiten beide in der

Stadt und Eric ist dann angeblich nachmittags bei seiner Oma. Da will Mama aber nicht hin. Die Oma ist schwerhörig und grantig. Mama hat sie mal im Lädchen getroffen, da schimpfte sie über die Zugezogenen im Dorf, dass sie alles verschandelten.

»Was genau verschandeln wir denn?«, hat Mama gefragt. »Meine Familie und ich sind nämlich auch Zugezogene!« Aber da hat die Alte sich nur taub gestellt und in ihren Bart gebrummelt. Leo war das unheimlich gewesen, auch peinlich. Andererseits fand sie es auch gut, dass Mama sich empört hat, denn Erics Oma kann ja nicht einfach behaupten, dass die Zugezogenen die Gegend verschandeln.

Auf dem Rückweg zum Dorf fahren sie durch die Siedlung mit den Einfamilienhäusern. Johan wohnt dort, in einer Doppelhaushälfte.

»Ich bring kurz meine Badesachen rein«, sagt er und springt mit einem Satz über den Jägerzaun in den Vorgarten.

Der Bäckerwagen kommt und hält auf der Dorfstraße. Frauen in Pantoffeln, Kittelschürzen und mit Einkaufstaschen gehen zum Wagen. Mama braucht auch noch ein Brot. Kaum ist die Bäckersfrau ausgestiegen, sagt sie: »Wisst ihr schon das Neuste?«

»Dass unsere schöne Dorfschule geschlossen werden soll?«, sagt eine der Frauen.

»Das auch«, sagt die Bäckerin und winkt ab. »Aber bei Köhlers ist die Mutter heute mit vier Kindern abgehauen!«

Leonie fährt zusammen. Wie selbstverständlich die Bäckersfrau schon über die Schließung der Schule redet! Ist die blöd?

Mama guckt Leo und Flora an, aber keine sagt etwas. Sie kauft ein Sonnenblumenbrot und klemmt es auf den Gepäckträger. »Seltsam«, murmelt sie. Dann kommt Johan wieder und kämmt sich im Gehen den Pony. Mit einem Satz ist er über den Zaun.

»Hast du das gehört?«, flüstert Leo Flora zu.

»Was denn?«, fragt Johan.

»Erzählen wir dir später«, sagt Leo leise.

»Ich fahr dann mal mit dem Brot nach Hause«, sagt Mama. Bei Dorfklatsch verdrückt sie sich schnell.

»Ja, tschüss! Wir fahren noch ein bisschen rum.« Leonie will jetzt nicht mit ihrer Mutter darüber reden. Das sind bestimmt alles nur Gerüchte! Die Leute tratschen gern, sagt Mama immer. Und über Köhlers besonders.

Sechstes Kapitel,
in dem eine Schulversammlung stattfindet
und leider auch Blut fließt

Am nächsten Tag ist in der Schule eine seltsame Stimmung. Die Sekretärin läuft mit verheulten Augen herum, und Frau Langemann, die Schulleiterin, geht wie ein Gespenst durchs Haus, nur lauter. Man hört ihre Schritte mitten in der Stunde durch die Flure hallen. Die 3 und 4 haben Deutsch. Leonies, Floras und Johans Klasse sind zusammen mit der dritten. Die erste und zweite Klasse gehören auch zusammen und werden in einem gemeinsamen Klassenzimmer unterrichtet. Genau wie die 5 und 6, in die Eric und Konni gehen. Konni ja schon seit drei Jahren. Leonie findet diese »übergreifenden Klassenstufen«, wie die Lehrer es nennen, toll, weil man sich dann gegenseitig helfen kann; und das macht Spaß, genau wie das Lehrer-Spielen. Jeder darf einmal im Monat Lehrer sein. Dann bereitet man die Stunde selbst vor, und der Lehrer muss sich auf seinen Platz setzen und sich melden, wenn er was sagen will.

Martin Steinert aus der 3 darf heute Lehrer sein. Er liest eine Geschichte vor. Die Kinder der Dritten sind sehr stolz auf ihren Martin, weil er so gut lesen kann und richtig betont; und die Geschichte, die er ausgewählt hat, ist auch spannend. Trotzdem kann Leo nicht zuhören. Immerzu muss sie

Frau Söhnlein, die Deutschlehrerin, angucken. Sie sitzt auf Martins Platz wie eine Erstklässlerin und hat feuchte Augen. Aber nicht vor Freude, sondern vor Kummer. Das sieht Leo genau, und sie kann sich auch schon denken, warum. Am Ende der Stunde wird ihre Befürchtung bestätigt. Frau Söhnlein lobt Martin und sagt dann:

»Alle mal herhören! Ich muss euch jetzt eine traurige Mitteilung machen.« Sie steht auf und holt tief Luft. »Unsere Schule soll nach den großen Ferien geschlossen werden.«

Leo sieht Flora an und dreht sich zu Johan um. Es stimmt also doch. Das Gerücht ist kein Gerücht mehr, sondern schreckliche Wahrheit! Leonie kann nicht mehr schlucken. Ihr sitzt ein Kloß im Hals, und Herzklopfen hat sie auch, und zwar so heftig, dass es im Magen wehtut.

Alle Kinder stehen wie erstarrt.

In der großen Pause ist es, als hinge eine dunkle Wolke über dem Schulhof. Johan hat die Hände in den Hosentaschen vergraben und schlurft ohne ein Wort neben Leo und Flora her. Flora kratzt an einem Mückenstich.

»Hör doch mal auf!«, faucht Leo sie an.

Irgendwie sind alle Kinder durch den Wind. Einige der Erstklässler gehen Hand in Hand, andere sitzen bei den Rehen und weinen. Lehrer kümmern sich um sie. Frau Söhnlein hat noch gesagt, dass man jetzt erst mal abwarten müsse. Frau Langemann sei fest entschlossen, alles zu tun, um die Schule zu retten!

»Unsere schöne Schule!« Flora seufzt.

»Was machen wir eigentlich, wenn die Schule zumacht?«,

fragt Leo. Dann gibt es ja auch keinen Hort mehr. Leonie, Flora und Johan gehören zwar nicht zu den Hortkindern, weil sie nachmittags meistens was zusammen unternehmen und weil einer von den Eltern oder Johans Opa immer zu Hause ist. Aber der Hort in der Schule ist an jedem Schultag bis fünf Uhr offen, und wenn sie wollen, dürfen sie auch kommen.

»Also, ich kann mich auch anders beschäftigen«, sagt Johan.

»He, mal im Ernst. Wo sollen wir dann zur Schule gehen?«, fragt Leonie.

»In der Stadt.«

»Spinnst du?« Flora schaut Johan sehr böse an.

»Warum regst du dich so auf? Erstens wird eine Schule ja wohl nicht von heute auf morgen dichtgemacht, und zweitens ...« Er zögert. »Und zweitens haben die Schulen in der Stadt Computer mit Internetanschluss und riesige Physiksäle. Und man ist nicht den Launen zweier Dorfdeppen ausgesetzt.«

»Aber jeder Menge Stadtdeppen«, sagt Leo.

»Und es gibt kein Baumhaus, keinen Spiel-Wald, keinen Teich und keine Insel!«, sagt Flora. »Und nachmittags sind die Stadtschulen abgeschlossen.«

»Dann können wir auch nicht mehr auf den Seilknoten schaukeln«, sagt Leo. Das hat immer besonders Spaß gemacht, wenn die Turnhalle nachmittags offen war und sie dort bei schlechtem Wetter mit den Seilen spielen konnten, während der Regen auf das Turnhallendach prasselte. Und wenn sie nur herumsitzen will, geht sie mit Flora ins Treppenhaus. Sie hat dort einen Lieblingsplatz, zwischen all den ausgestopften Tieren. Da sitzt es sich wunderbar mit der besten Freundin, wenn Johan beim Reiten ist. Manchmal sitzen sie Schulter an Schulter da, sagen nicht viel und schauen auf die ausgestopften Tiere. Der Keiler ist riesig! Leo erinnert sich noch genau, wie es war, als sie eingeschult wurde. Da hat sie erst Angst gehabt, an ihm vorbeizugehen. Na klar wusste sie, dass die Augen nur aus Glas sind und er schon lange tot ist, aber je länger sie ihn anschaute, desto stärker hatte sie das Gefühl, er würde sich bewegen.

Und es gibt noch jede Menge andere ausgestopfte Tiere; Fuchs und Wiesel stehen gegenüber vom Wildschwein und auf der Holztreppe zum zweiten Stock kreisen Mäusebussard und Hühnerhabicht über einem mit ausgebreiteten Schwingen. Leo kommt sich dann selbst manchmal als Beute vor.

»Unsere schöne Schule!« Flora seufzt schon wieder. »Und all die Tiere kommen bestimmt in ein langweiliges Museum.«

»Nun hört doch mal auf damit«, sagt Johan. »Ihr zieht einen ja total runter!«

Als Leonie nach Hause kommt und ihren Eltern sagt, dass die Schule schließt, sind Mama und Papa genauso erschüttert.

»Dann müssen wir dich ja jeden Tag in die Stadt fahren. 20 Minuten hin und 20 Minuten zurück«, sagt Mama.

»Es fährt doch ein Schulbus«, sagt Papa.

»Der fährt aber schon um fünf nach sechs im Dorf ab.

Dann kannst du dir ja mal ausrechnen, wann du jeden Morgen aufstehen musst.«

»Das ist Körperverletzung!«, sagt Papa. »Wieso fährt dieser blöde Bus denn schon um fünf nach sechs?«

»Weil er über alle Dörfer zuckelt und die Kinder einsammelt. Die Schule in der Stadt fängt um halb acht an!«

»Das ist ebenfalls Körperverletzung!«, sagt Papa. »Ich werde darüber einen Artikel schreiben!«

Ist ja schön, wenn Papa darüber einen Artikel schreibt, dass so frühes Aufstehen Körperverletzung ist, aber das nützt jetzt auch nichts. Leo kuschelt sich an Mama und will erst mal gar nichts mehr davon hören.

Am nächsten Tag ist der Journalist von der Lokalzeitung in der Schule. Er hat strähnige Haare, die über die Glatze gekämmt sind und bei Gegenwind hochklappen. Leonie kennt ihn von den Dorf- und Erntefesten. Er kommt auch zu den Einschulungen und hat sogar über die letzte Weihnachtsfeier der Senioren eine ganze Seite geschrieben, mit vielen Fotos.

Jetzt steht er da, mit einem Block in der Hand, und interviewt die Kleinen. Die Erst- und Zweitklässler wollen auf gar keinen Fall ihr Wäldchen mit den grünen Iglus aufgeben. Man kann dort wunderbar Versteck spielen oder »Verschollen in der Südsee« oder »Mutter, Vater, Kind«, all das, was man gern spielt, wenn man in der ersten oder zweiten Klasse ist. Leo spielt mit ihren Freunden lieber Fangen oder klettert auf Bäume. Es gibt hervorragende Kletterbäume auf dem Schulgelände, dicke Platanen und Kastanien und eben das

Baumhaus. Aber das ist ihr meistens zu voll. Frau Frische, die Sportlehrerin, liebt es, dort oben zu frühstücken. Sie hat mal gesagt: »Klettern ist gesund und fördert den Weitblick.«

Da können alle Kinder nur zustimmen, denn sie klettern sowieso, und warum nicht auch in der Schule?

Der Journalist steht mit den Kleinen im Gemüsegarten.

»Ich geh hier nicht weg«, sagt ein Mädchen. »Die Radieschen sind gerade reif.« Sie gibt dem Journalisten ein Radieschen. »Und wenn erst mal die Erbsen reif sind – die sind zuckersüß und knackig!«

Auch aus den höheren Klassenstufen will keiner in die Stadt.

»Kommt nicht infrage! Viel zu stressig!«, maulen einige. Der Journalist notiert sich alles.

Ein paar Tage später findet eine Schülerversammlung statt. Frau Langemann bittet alle Kinder in die Aula. Die schöne Aula mit den goldenen Stühlen! Die wird es ja dann auch nicht mehr geben – und nicht mehr die tolle Faschingsparty. Die findet jedes Jahr in der Schule statt und es kommen dafür sogar Kinder aus den umliegenden Dörfern hierher. Leo war letztes Mal als Schlangenbändigerin gegangen und hatte eine von diesen Gummischlangen um den Hals hängen, die, wenn man sie auf den Rasen oder einen Stuhl legt, total echt aussehen. Mama hat ihr dann noch ein paar kleine Schlangen an ein schwarzes, langes Kleid genäht und ihr die Augen schwarz gemalt. Sie sah so gruselig aus, dass sie selbst Angst bekam, als sie sich im Spiegel betrachtete. Johan war als Pferd gegangen und Flora als Putzfrau.

Frau Langemann steht jetzt auf der Bühne und wedelt mit den Armen. Auch das erinnert Leo an letzten Fasching. Frau Langemann hatte sich als Fledermaus verkleidet und auch so mit den Armen gewedelt.

»Bitte, Kinder, seid mal ruhig, damit wir anfangen können!«

Eric und Konni kommen zu spät. Sie drängeln sich durch die Reihen und kicken im Vorbeigehen gegen Johans Schienbein. Johan flucht den beiden hinterher. Frau Langemann klatscht in die Hände.

»Na warte!«, zischt Johan Eric zu. »Das kriegst du wieder!«

Frau Langemann schaut in die Runde. »Können wir jetzt bitte anfangen!«

Die Sonne scheint durch die Fenster und die goldenen Stühle glänzen – wie schön das aussieht, aber es passt jetzt überhaupt nicht zur Stimmung. Frau Langemann räuspert sich.

»Liebe Kinder, ihr wisst ja, dass unsere Schule eine ganz besondere, einmalige kleine Naturschule ist, mit eigenen Regelungen, die wir demokratisch mit euch und euren Eltern abstimmen. Hier wird also nicht über euch entschieden, sondern mit euch, und das hat sich ja schon seit 15 Jahren wirklich gut bewährt, und ich bin sehr, sehr stolz darauf, diese Schule zu leiten und zu sehen, wie gut es euch hier geht.«

Ihre Stimme wird brüchig. Sie räuspert sich wieder.

Ein Mädchen aus der zweiten Klasse meldet sich und fragt: »Warum will man uns denn die Schule überhaupt wegnehmen?«

»Weil zu wenig Kinder da sind für die neue erste Klasse«, sagt Frau Langemann. »Es fehlen uns mindestens zwei Kinder!«

Ein Junge ruft: »Meine Mutter und meine große Schwester sind schwanger!«

Alle lachen. Frau Langemann auch.

»Leider können wir darauf nicht warten«, sagt sie. »Uns fehlen Kinder zum Einschulen. Das ist unser Problem.« Sie holt tief Luft und schaut in die Runde. »Aber so schnell geben wir nicht auf! Und jetzt hört gut zu, denn ich brauche eure Unterstützung! Jeder und jede von euch soll sich mal überlegen, was die Vorteile unserer Schule sind, und sie aufschreiben.«

Ein Junge aus der Zweiten meldet sich. »Sind die Sofas in der Schulbibliothek auch Vorteile?«

»Ja, klar!«, sagt Frau Langemann. »Schreibt das alles auf, alles, was euch an eurer Schule besonders gefällt! Daraus mache ich dann eine – hoffentlich sehr lange – Liste, die ich noch Ende dieser Woche dem Schulrat persönlich übergeben möchte. Damit ich ihn überzeugen kann, dass so eine besondere Schule nicht geschlossen werden darf!«

Alle klatschen wie wild. Die Versammlung ist vorbei.

Draußen, auf dem Schulhof, warten Leo und Flora auf Johan. Er wollte nur schnell aufs Klo.

»Meinst du, der Schulrat lässt sich von so einer Liste überzeugen?«, fragt Leonie.

Flora zuckt die Schultern. »Ich glaube, eine Aufzählung von Vorteilen reicht nicht.«

»Was könnten wir denn sonst noch machen?«

»Wir könnten demonstrieren. Mit Spruchbändern durch die Straßen gehen und Krach machen, mit Tröten und Trillerpfeifen. So wie die Leute, die streiken.«

»Oder wir streiken auch. Wenn man unsere Schule zumacht, weigern wir uns, auf eine andere zu gehen. Wir machen Sitzblockaden, wie die Globalisierungsgegner.«

»Aber dann kommt die Polizei und trägt uns weg. Oder noch schlimmer, sie spült uns weg, mit diesen riesigen Wasserwerfern.«

»Ist doch bestimmt lustig.«

»Glaub ich nicht. Wasser kann ganz schön wehtun.«

»Hm«, macht Leo und Flora reibt ihre Zehen aneinander. Sie hat die Schuhe mal wieder in der Schule vergessen.

»Vielleicht ist es besser, wir fangen mit der Liste an«, meint Flora.

»Und wie wäre es, wenn wir einen Protestbrief schreiben, in den wir die Vorteile einbauen, aber auch aufzählen, was für uns so schrecklich an einer Schule in der Stadt ist?«

»Gut. Das machen wir gleich heute Nachmittag«, sagt Flora und zieht ihren Pulli glatt. Der ist heute rot-orange gestreift.

Leo nickt. »Wo bleibt eigentlich Johan? Der wird sich doch wohl nicht Eric und Konni vorgeknöpft haben? So sauer, wie der vorhin war.«

»Mir wird Konrad immer unheimlicher«, sagt Flora. »Möchte mal wissen, was mit dem los ist. Sonst war er nur doof. Jetzt ist er brutal und doof.«

»Vielleicht hat er Probleme zu Hause«, sagt Leonie. »Kein

Wunder, wenn seine Mutter jetzt weg ist! Falls das stimmt, was die Bäckersfrau gesagt hat. Aber das mit der Schule hat ja auch gestimmt.«

Flora seufzt. »Dann wär's für ihn nicht so lustig, allein mit dem versoffenen Vater zu wohnen. Auf dem letzten Dorffest hat der sich mit zwei Typen geprügelt, weißt du noch?«

»Ja, total peinlich«, sagt Leo. »Vielleicht hat Konrad die Brutalität von seinem Alten geerbt.«

»Willst du damit sagen, dass er dann nichts dafür kann?«, fragt Flora.

»Nein. So hab ich das nicht gemeint. Aber Konni ist ja erst so brutal geworden, seit er Eric im Schlepptau hat. Und Erics Eltern saufen nicht. Eric hat keine Geschwister, die ihm was wegnehmen. Kohle haben die auch mehr als genug und trotzdem ist Eric so unausstehlich.«

»Ich versteh das auch nicht«, sagt Flora. Und plötzlich stößt sie hervor: »Achtung! Da kommen sie!«

Konni und Eric schlendern mit den Händen in den Hosentaschen an ihnen vorbei.

»Wartet ihr auf euren Schrubber, oder was?«, sagt Eric. Er hat eine neue, silberne Kordelhose und *Nike*-Sportschuhe. Konni schiebt seine neue Baseballkappe zurecht. Bestimmt hat Eric ihm die Kappe geschenkt.

»Johan ist kein Schrubber, du Fettbeule«, sagt Flora.

Leo verschlägt es den Atem. Flora ist echt in Fahrt. Sie funkelt Eric herausfordernd an. Eric rotzt auf den Boden, haarscharf neben ihren Fuß.

»Ganz schön frech, dieses kleine Streifenhörnchen«, sagt Konni.

»Sieht eher aus wie ein Stinktier«, sagt Eric und rümpft die Nase. »Wenn die so weitermacht, kriegt sie auch mal eine verpasst.« Eric reibt sich die rechte Faust.

»Bist du blöd, oder was?«, fährt Konni ihn an. »Ich schlage doch keine kleinen Mädchen.«

Nanu – kleine Unstimmigkeiten zwischen den beiden? Leonie sieht, dass Eric auch staunt. Kein Wunder, wenn man plötzlich so schroff vom eigenen Kumpel angefahren wird. Ist ihm wohl peinlich.

Leo spürt, wie Flora kocht, weil er »kleines Mädchen« zu ihr gesagt hat.

»Komm, Alter«, sagt Eric wieder in diesem einschleimenden Ton, den Leo schon mal von ihm gehört hat. »Lassen wir die Babys unter sich.«

»Selber Baby!«, zischt Flora.

Sie ziehen ab. Konni kickt im Gehen kleine Steinchen weg und stolpert dabei. Flora lacht darüber und streckt ihnen die Zunge raus, aber das sehen sie zum Glück nicht mehr. »Können noch nicht mal richtig gehen, diese Macker …«

»Reiz sie nicht noch extra«, sagt Leo und zieht Flora am Arm. Sie gehen die Treppe hoch, zum Jungenklo, und warten vor der Tür.

Johan kommt und kommt nicht.

»Vielleicht hat er Verstopfung«, sagt Flora und kichert. »Zu viel Schokolade gegessen, der Gute.«

Leo ist überhaupt nicht nach Scherzen zumute. Ihr ist mulmig.

»Johan!«, ruft sie. »Jooohaaann!«

Keine Antwort.

Sie schauen noch mal in den Klassenraum, aber dort ist er auch nicht. Vom Fenster aus sehen sie Eric, Konni und den kleinen Gregor hinten bei den Kletterbäumen stehen. Jetzt spuckt Gregor auch schon ständig auf den Boden. Schrecklich, diese Schafe, die ihrem Leithammel alles nachmachen.

»Vielleicht ist Johan zum Teich gegangen?«, sagt Flora.

»Quatsch. Dann hätte er uns doch Bescheid gesagt. Komm, wir gucken mal auf dem Klo.«

Es stinkt ganz schön auf dem Jungenklo. Leo hält sich die Nase zu.

Dann entdecken sie Johan. Er steht am letzten Waschbecken, den Kopf in den Nacken gelegt, und hält sich Papier unter die Nase. Sein T-Shirt und der Boden ist voller Blut. Er zittert.

»Was ist passiert?« Leo reißt ihm den Arm weg. Da schießt ihm ein neuer Schwall Blut aus der Nase.

»Haben sie dich gehauen?«, fragt Flora.

»Gehauen ist gut«, nuschelt Johan und spuckt Blut aus. Flora wischt ihm das Gesicht mit kaltem Wasser ab. Leo packt ihm eine Ladung kalter Papierlappen in den Nacken. Er zuckt zusammen.

»Du musst den Kopf nach vorn halten«, sagt Leonie, »sonst schluckst du das Blut runter und dir wird schlecht.« Das ist ihr nämlich mal passiert.

Langsam hört die Nase auf zu bluten. Johans Oberlippe ist dick und aufgeplatzt.

»Eric hat mir voll die Faust ins Gesicht gedonnert, einfach so. Dieses feige Schwein!«

»Wir gehen jetzt sofort zum Lehrerzimmer«, sagt Flora. »Das lassen wir uns nicht gefallen.«

Johan will nicht. »Wenn ich jetzt petzen gehe, verkloppen die mich bestimmt noch mal.«

»Das hat doch nichts mit Petzen zu tun«, sagt Leo. »Außerdem musst du zum Arzt. Deine Lippe muss genäht werden.«

Siebtes Kapitel,

in dem ein Junge sich gesund schläft
und zwei Mädchen einen Protestbrief schreiben

Frau Langemann möchte Johan persönlich ins Krankenhaus fahren. Aber eigentlich hätte sie jetzt Unterricht in der 1/2, von der sie die Klassenlehrerin ist. Deshalb lässt sie sich von Frau Söhnlein vertreten.

»Noch genießen wir ja den Luxus, fünf Lehrkräfte für unsere kleine Schule zu haben. Dann wollen wir das auch nutzen«, sagt die Direktorin und öffnet die Autotür von ihrem alten Mini. »Alle Kinder bitte nach hinten!«

Leo und Flora wollen Johan in so einer Situation natürlich nicht allein lassen und rutschen auf die Rückbank.

Dann gibt Frau Langemann Gas.

Auf der Erste-Hilfe-Station im Krankenhaus sitzen sie auf blauen Schalenstühlen und müssen ewig warten. Es riecht nach Desinfektionsmittel und Tütensuppe. Der Gummibaum hat braune Blätter. Aus dem Behandlungszimmer nebenan hören sie einen Mann schreien. Und eine Krankenschwester, die sagt: »Es ist gleich vorbei, nur noch eine Sekunde.«

Der Mann jammert: »Warum betäuben Sie mich nicht! Das tut so weh!«

»Ich kann die Schädeldecke nicht noch mehr betäuben.

Halten Sie doch still, nur noch zwei kleine Stiche – oder drei!«

»Aaaahhh!«, schreit der Mann.

Johan wird vom Zuhören kreidebleich. Flora kratzt an einem Mückenstich. Leo beißt sich auf die Lippen.

Frau Langemann raschelt extra laut mit einer Zeitung, aber die Schreie des Mannes aus dem Behandlungszimmer lassen sich damit nicht übertönen. Dann geht die Tür auf und eine Schwester kommt heraus. Sie bittet die Kinder und Frau Langemann an einen Tisch und will alles Mögliche wissen – Johans Geburtsdatum, die Krankenkasse, und ob ihm schwindelig ist oder es in den Ohren summt.

Nebenan wird der Mann auf einer Bahre herausgeschoben. Er hat einen Kopfverband und stöhnt.

Frau Langemann reckt den Kopf. »Ist das nicht Herr Köhler?«

»Wie ist das denn passiert?«, fragt die Krankenschwester Johan.

Er bleibt bei seiner Antwort, die er vorhin auch schon Frau Langemann gegeben hat: »Bin ausgerutscht und auf das Waschbecken geknallt.« Dabei verzieht er das Gesicht, weil es ihm wehtut, mit der aufgeplatzten Lippe zu reden.

»Na, dann leg dich da mal hin«, sagt die Schwester und zeigt auf eine Liege an der Wand.

Johan zittert nun am ganzen Körper, als hätte er Schüttelfrost.

»Du musst keine Angst haben«, sagt die Krankenschwester mit einer warmen Stimme. »Es tut nicht weh!«

Eine Minute später huscht eine Ärztin um die Ecke. Sie

schaut Johan in die Augen, in den Mund, klopft ein bisschen an ihm herum, fühlt seinen Puls und sagt: »Das haben wir gleich.« Sie geht an einen Schrank.

Johan springt auf. »Das heilt auch so«, sagt er und steht schon vor der Tür. »Das braucht gar nicht genäht zu werden.«

»Leg dich wieder hin«, sagt die Ärztin und zieht sich durchsichtige Gummihandschuhe an. Sie lächelt.

Die Schwester reicht ihr eine kleine Tube. Und zu Johan sagt sie: »Es tut wirklich nicht weh! Deine Lippe wird nicht genäht.«

»Sie wird geklebt«, sagt die Ärztin. »Nun mach mal den Mund leicht auf und halt still.«

Leo und Flora recken die Köpfe und sehen, wie die Ärztin ihm Klebstoff in die offene Wunde tropft und sie dann zusammendrückt.

»Aber nicht, dass Sie ihm den Mund zukleben«, sagt Frau Langemann. »Das ist unser bester Schüler.«

Johan wird rot. Als er sich aufsetzt, ist der breite Riss in der Lippe nur noch ein schmaler, roter Strich.

»Zwei Stunden nicht reden und nicht essen«, sagt die Ärztin und gibt Johan die Hand. Dann verschwindet sie genauso schnell, wie sie hereingekommen war.

Auf der Rückfahrt im Auto sind auch Leo und Flora still. Alle drei sitzen hinten und schauen aus dem Fenster. Johan in der Mitte. Frau Langemann sagt, sie komme sich vor wie eine Taxifahrerin, was gar nicht so schlecht sei. Wenigstens ein Beruf, in dem man so manche Sorgen nicht haben würde. Und schön sei Taxifahren auch, man fahre den ganzen

Tag nur durch die Gegend. – Sie redet in einer Tour mit sich selbst. Ab und zu schaut sie in den Rückspiegel – es ist ein prüfender Blick, ob es allen gut geht – und Leo lächelt als Bestätigung zurück.

Dann fängt Frau Langemann von Köhlers an. Leo spitzt die Ohren.

»Sieht ja so aus, als ob Herr Köhler schon wieder die Kellertreppe runtergefallen wäre. Und was ist nur mit Konrad? Er darf auf keinen Fall von der Schule fliegen. Dann haben wir noch einen Schüler weniger.«

Wieso soll Konrad von der Schule fliegen? Ahnt Frau Langemann etwa, dass Johan verprügelt wurde und dass es Eric und Konni waren? Würde das für Konni das Fass zum Überlaufen bringen? Immerhin haben sie Johan blutig geschlagen. Aber bis jetzt haben Leo, Flora und Johan keinem etwas davon gesagt. Allerdings ist es auch nicht schwer, den beiden auf die Schliche zu kommen.

Frau Langemann setzt die Kinder bei Johan ab.

»Dein Opa ist zu Hause – kann der sich um dich kümmern? Oder soll ich deine Eltern anrufen?«

Johan nickt und schüttelt gleichzeitig den Kopf. Dann steigen sie aus.

»Junge, Junge!«, sagt der Opa. »Da hast du dich endlich mal geprügelt, was? Und ich dachte schon, aus dir wird nie ein Mann.« Leo fällt fast die Kinnlade runter. Johans Opa ist manchmal wirklich das Letzte. In welcher Zeit lebt der überhaupt?

Johan geht einfach an ihm vorbei, Leo und Flora folgen

ihm in sein Zimmer. Johan legt sich aufs Bett. Ihm laufen Tränen über die Wangen. Er schluchzt nicht, er sagt nichts, aber er weint. Flora setzt sich an seinen Schreibtisch, Leo mit aufs Bett. Johan macht die Augen zu, aber die Tränen laufen weiter. Leo kommt sich sehr hilflos vor.

»Lass ihn«, flüstert Flora. »Das muss alles raus. Wenn Wut sich festsetzt, kriegt man später ’ne Macke.«

Sie lassen Johan in Ruhe; Leo streichelt seine Hand. Das hätte sie am liebsten schon vorhin auf der Erste-Hilfe-Station gemacht. Aber sie wollte nicht, dass womöglich noch jemand glaubt, sie wäre in ihn verknallt. Dabei hat sie ihn wirklich gern, er ist ein Freund und ein Kumpel, mit dem man reden und auf den man sich verlassen kann. Ganz anders als die anderen Jungs, die nur blöd rumlabern und sich durch die Gegend schubsen, sobald ein Mädchen in der Nähe ist. Mit solchen Jungs will auch Johan nichts zu tun haben. Lieber ist er mit tollen Mädchen zusammen. Das hat er mal wörtlich so gesagt, und Leo und Flora wollten natürlich genauer wissen, wen er mit »tolle Mädchen« meinte, obwohl sie es ja eigentlich schon wussten. Aber sie wollten es aus seinem Munde hören.

»Na, wen wohl?«, hatte Johan gesagt. Leo und Flora mussten ihn erst durchkitzeln, bis er endlich ihre Namen herausprustete.

Flora blättert in einem Pferdebuch. Johan liebt Pferde. Aber an seiner Wand hängt kein einziges Pferdeposter, nur eins mit einem Motorrad, das sich unter seinem Fahrer aufbäumt. Pferdeposter sind ihm zu mädchenhaft, hat er mal gesagt.

Johan ist eingeschlafen. Als der Opa die Tür aufmacht – ohne anzuklopfen, wie immer, und so ruckartig, dass sich alle erschrecken –, schicken die Mädchen ihn wieder weg. Es sei alles in Ordnung. Johan brauche nur Ruhe.

»Soll ich euch einen Pudding kochen?«, fragt der Opa. Jetzt hat er wohl doch ein schlechtes Gewissen, weil er vorhin so doof zu Johan war.

»Nein danke«, sagt Flora. Der Opa grummelt vor sich hin. Er sieht es gar nicht gern, dass Johan mit zwei Mädchen in seinem Zimmer ist. Aber dagegen kann er nichts machen, denn Johans Eltern haben zum Glück nichts dagegen und denken auch nicht gleich an was Versautes.

Leo und Flora finden es cool, mit Johan im Bett zu liegen, Karten zu spielen, Süßigkeiten zu mampfen und fernzusehen. Johan hat nicht nur eine eigene Süßigkeitenschublade, sondern auch einen Fernseher im Regal. Im Winter ist es immer am schönsten, in Johans Zimmer zu sein. Wenn bei Leo im Schloss der kalte Ostwind durch die Mauerritzen fegt, dann geht doch nichts über ein warmes, kuscheliges Haus mit Zentralheizung und Bettzeug, das nach Weichspüler duftet, auf dem man sich zu dritt herumflegeln kann.

Johan schläft und sieht ein bisschen aus wie ein moderner Prinz, mit seinen langen Haaren, allerdings mit einer dicken Lippe und einer roten Nase. Das linke Auge ist auch noch geschwollen.

»Er schläft sich gesund«, sagt Leo. »Und was machen wir in der Zwischenzeit?«

»Den Protestbrief schreiben«, schlägt Flora vor.

Leo hat eigentlich keine Lust, jetzt irgendwas zu schreiben.

Sie würde viel lieber in Johans Süßigkeitenschublade stöbern und fernsehen, denn im Schloss gibt es auch keinen Fernseher.

Aber Flora hat schon ein Blatt aus Johans Schreibtisch herausgekramt und legt gleich los.

Warum wir unsere Schule unbedingt behalten müssen!, schreibt sie. *Erstens: Weil die Schule gesund für uns ist.*

Leo schaut ihr über die Schulter. »Gesund? Wie kann eine Schule gesund sein?«

»Na ja«, sagt Flora. »Sie liegt im Grünen, ist umgeben von frischer Luft und wenig Verkehr. Deshalb hört man bei uns in der Schule auch noch die Amseln singen und den Kuckuck rufen. In der Stadt hört man nur Verkehrslärm und atmet Abgase ein. Davon wird man krank.«

»Na gut«, sagt Leo. »Schreib das auf! Gesund ist immer wichtig.«

»Außerdem kann ich in der Stadt nicht barfuß laufen. Und barfuß laufen ist total gesund.«

»Gut. Schreib das auch auf!«

Flora kritzelt es aufs Papier.

»Und zweitens«, sagt Leo, »ist die Schule in der Stadt zu weit weg für uns. Wir müssten jeden Morgen mit dem Bus fahren. Und der fährt viel zu früh.«

»Genau! Zu früh aufstehen ist nicht gesund. Davon wird man nur muffelig.«

»Super! Schreib das noch zu Punkt eins. Und bei Punkt zwei würde ein toller Spruch passen, so was wie: ›Wir fordern kurze Wege für kurze Beine!‹«

»Cool!«

Außerdem schreiben sie noch auf, dass in der Stadt die Klassen zu groß sind – Frau Langemann hat gesagt, dort gibt es Klassen mit 28, manchmal sogar 30 Kindern. Wie soll das denn gehen? In Leos Klasse sind 11 Kinder aus der Vierten und 9 aus der Dritten, also insgesamt 20 Kinder und das reicht voll und ganz.

Vielleicht sollte man auch noch erwähnen, wie gut es ist, zwei Jahrgänge in einer Klasse zu haben, denn das gibt es in der Stadt ja auch nicht.

»Hat deine Mutter nicht gesagt, das fördere die Verantwortung anderen gegenüber, weil man sich gegenseitig hilft?«, fragt Flora.

»Ja, ich glaub schon. Schreib das auch auf! Und dass es nicht nur das Verantwortungsgefühl fördert, sondern auch das Selbstbewusstsein.«

»Die Verdauung vielleicht auch?«

»Haha! Aber im Ernst. Man fühlt sich doch wirklich gut, wenn man den Kleineren hilft, oder?«

»Kommt drauf an«, sagt Flora. »Wenn ich an Dirk Drösenbach denke, der raubt mir wirklich jeden Nerv, weil er nie was begreift.«

»In so einem Fall sind ja dann die Lehrer da und können ein bisschen nachhelfen.«

Flora fällt noch ein Punkt ein: »Kletterbäume! In der Stadt gibt es bestimmt keine.«

Aber Leo meint, das sei kein gutes Argument, eher ein abschreckendes, weil Erwachsene es meistens nicht so toll finden, wenn Kinder auf Bäume klettern, schon gar nicht in der Schule.

»Dann zitieren wir Frau Frische. Sie hat wortwörtlich gesagt: ›Klettern fördert den Weitblick.‹ Und das stimmt absolut.«

»Okay, dann fügen wir bei diesem Punkt noch hinzu, dass man in der Stadt gegen Hauswände guckt und einen das engstirnig macht. Und Engstirnigkeit macht muffelig, und wer muffelig ist, hat keine Freude am Leben. Und Freude am Leben ist doch das Wichtigste, oder?«

Flora seufzt und gibt Leo den Stift. Sie schreibt alles auf, was ihnen noch einfällt. Johan schnarcht leise im Hintergrund. Draußen hören sie den Opa Rasen mähen.

»Johan ist so süß«, flüstert Flora.

»Sag mal ehrlich, bist du in ihn verknallt?«

»Nö, du?«

»Quatsch! Doch nicht in unseren Johan.«

»Warum eigentlich nicht?«

»Ja, warum eigentlich nicht?« Leo guckt unter die Decke. »Er ist cool, hat was in der Birne und sieht auch echt süß aus. Findest du nicht?«

»Hm«, sagt Flora. »Und er hat eine Süßigkeitenschublade.« Sie zieht die Schublade auf. »Wau! Guck mal! Voll bis oben hin.«

»Und da sind wieder diese leckeren Schokokugeln. Und Spaghetti-Kaugummi! Damit kann man riesige Blasen machen.«

»Und hier, Puffreis mit Vollmilchschokolade! Komm, da nehmen wir uns ein Stück. Puffreis mag er sowieso nicht so gern.«

»Ich liebe Puffreis«, sagt Flora.

Leo reicht ihr ein Stück. »Außerdem kann er mit der Lippe sowieso nichts Süßes essen. Wenn Zucker in die Wunde kommt, dann gute Nacht. Und bevor das hier alles schlecht wird …«

»Stimmt«, sagt Flora. »Süßigkeiten soll man nicht zu lange aufbewahren.«

Sie lässt sich die Vollmilchschokolade auf der Zunge zergehen. Zum Nachtisch nehmen sie sich jeder noch ein Vitaminbonbon.

»Die mag er auch nicht so gern«, sagt Leo. »Allmählich könnten wir ihn wecken? Ich finde, er ist jetzt wieder gesund genug.«

»Genau«, sagt Flora. »Vielleicht hat er noch ein paar gute Argumente, auf die wir nicht gekommen sind.«

»Johaaan, aufwachen!«, singen sie und kitzeln ihn an den Füßen.

Achtes Kapitel,
in dem jemand spurlos verschwindet
und Johan in den Hintern gekniffen wird

»Konrad Köhler ist seit drei Tagen nicht mehr zum Unterricht erschienen, und zwar unentschuldigt«, sagt Frau Burzweiler am Mittwochmorgen. »Weiß jemand von euch, wo er ist?«

Sie schaut durch die Klasse, aber alle schütteln den Kopf. Schließlich geht Konrad nicht in ihre Klasse, sondern in die 5/6. Die Grundschule dauert hier in der Gegend bis zur sechsten Klasse, erst danach geht man auf eine andere Schule.

»Der liegt bestimmt noch im Bett und schnarcht eine Runde«, sagt Tom Kruse aus der ersten Reihe. Alle lachen.

»Der ist mit seiner Mutter in die Stadt gezogen«, sagt Martin Steinert.

»Quatsch, Konrad doch nicht!«, ruft Chris Klaubert, der sich immer als Köhler-Experte ausgibt, nur weil sein kleiner Bruder früher mal mit den Köhler-Zwillingen gespielt hat. Chris behauptet auch, Köhlers hätten neun und nicht sieben Kinder.

Leonie wollte letztens Frau Langemann fragen, wie viel Köhler-Kinder es nun wirklich gibt, aber sie hat es dann wieder vergessen. »Ich habe Konrad vorgestern noch in Lunow am Kiosk gesehen«, sagt Simone Mücke. »Meine Oma und ich haben eine Fahrradtour gemacht. Unterwegs haben wir uns ein Eis geholt, und da habe ich gesehen, wie Konrad fünf *Magic*-Lutscher gekauft hat.«

»Und Zigaretten?«, fragt Tom.

»Nee«, sagt Chris. »Zigaretten besorgen ihm die Biertrinker am See.«

Die ganze Klasse lacht schon wieder. Leo weiß gar nicht, was daran so lustig sein soll. Sie schaut auf die Uhr. Die Stunde zieht sich. Dabei ist Sachkunde sonst immer ganz schön. Frau Burzweiler zeigt heute Dias von riesigen Seerosen, auf denen man sogar stehen kann. Leo stellt sich vor, mit so einer Seerose als Boot auf blauem, klarem Wasser zu segeln. Die Sonne scheint durch Palmwedel, und ein Kakadu ruft, aber es ist kein Kakadu, es ist Frau Burzweiler, die sie wieder in die Klasse zurückholt.

»Leo, was ist der Unterschied zwischen einer heimischen Seerose und einer Teichrose?«

Leo schaut Flora Hilfe suchend an.

»Ich dachte, ihr habt das neulich am Teich beobachtet?«, sagt Frau Burzweiler.

Zum Glück fällt es Leo jetzt wieder ein. »Ja, klar. Die Teichrosen haben einen Stiel und gelbe Blüten; und die Seerosen haben keinen Stiel und die weißen Blüten liegen direkt auf dem Wasser.«

Johan soll noch Einzelheiten hinzufügen. Gut. Leo geht nämlich gerade was ganz anderes durch den Kopf als See- oder Teichrosen: die fünf *Magic*-Lutscher, die Konrad am Kiosk gekauft haben soll. Dabei mochte Konrad noch nicht mal im Kindergarten Lutscher. Dort hatte die Kindergärtnerin immer wieder lobend betont, wie toll das sei, »dass unser Konrad keine Lutscher isst, denn Lutscher sind schädlich für die Zähne!«.

Das war allerdings auch das Einzige, wofür Konrad gelobt wurde.

Okay, die *Magic*-Lutscher sind was ganz Besonderes, sie knallen auf der Zunge und lassen die Spucke knistern, aber Konrad hat die Lutscher bestimmt nicht für sich gekauft. Für wen aber dann?

Nach Sachkunde verdrücken sich Leo, Flora und Johan hinter die Sanddornbüsche beim Schulgarten. Ein paar Erstklässler spielen dort Ritter. Einer hat sich einen Eimer auf den Kopf gesetzt und will mit der Harke fechten. Er ruft: »Olé, olé!«, aber keiner will mit ihm kämpfen. Die anderen machen einen traurigen, schlappen Eindruck, so als wäre der Kampf um die Schule schon verloren. Leonie würde sie am liebsten anstacheln, damit sie nicht den Mut verlieren.

Frau Langemann ist doch bestimmt schon dabei, all die Briefe der Schulkinder zusammenzustellen, um sie an den Schulrat zu schicken.

Die drei gehen zum Ententeich.

»Das Floß ist gut versteckt«, sagt Flora. »Wie kriegen wir es eigentlich wieder ans Ufer?«

»Kommt Zeit, kommt Rat«, sagt Johan und stopft sich den Rest vom Schulbrot in den Mund. Seine Lippe heilt gut und er kann schon wieder ganz normal essen. Die Nase ist auch nicht mehr dick. Nur unter dem rechten Auge schimmert noch ein grün-blauer Streifen mit einer lila Blüte.

»Sieht aus wie eine Seerose«, sagt Leo.

Flora schmunzelt. »Deswegen sagt man ja auch Veilchen. Steht dir gut!«

»Macht euch nur lustig über mich!« Johan tastet vorsichtig nach dem blauen Fleck.

Sie überlegen nun schon seit Tagen, ob sie das Floß von der Insel holen sollen, jetzt, wo sie Konni nicht im Nacken haben und Eric sie bisher in Ruhe gelassen hat.

»Aber was ist, wenn Konni morgen wiederkommt«, sagt Flora. »Dann geht der ganze Mist von vorne los. Ich will einfach nicht, dass die sich unser Floß unter den Nagel reißen.«

»Glaubst du, ich?«, sagt Johan.

Leo beißt in einen Apfel, dass es knackt. »Möchte endlich mal wissen, was mit Konrad los ist. Und die Köhler-Zwillinge sind auch schon über eine Woche krank.«

»Vielleicht ist Blödheit ja ansteckend«, sagt Johan.

Kurz vor Pausenende rennen sie zurück zum Schulhof. Seitdem Konni nicht mehr da ist, hängt Eric mit dem kleinen Gregor und ein paar anderen Jungs herum. Sie haben die Hände in den Hosentaschen, lehnen lässig an der Wand, unter dem Fenster vom Jungenklo, reden nicht miteinander, sondern spucken nur auf den Boden. In der großen Pause schafft es jeder von ihnen, zehn bis 15 Rotzflecken zu hinterlassen. Ekelhaft! Warum geht Eric eigentlich nicht in der Stadt zur Schule? Seine Eltern fahren doch jeden Morgen hin und könnten ihn mitnehmen. Dann wäre man den auch noch los.

»Wollen wir uns mal den Dicken und die Sommersprosse vornehmen?«, sagt Flora. Mit Sommersprosse meint sie Gregor. »Vielleicht wissen die mehr.«

»Bist du verrückt?«, schimpft Johan. »Ich bin froh, dass die uns in Ruhe lassen. Von mir aus kann Konni auf dem Mond sein, und zwar ohne Rückfahrkarte.«

Johan wird ganz rot vor Wut. Sein Gesicht bekommt dadurch Farbe. Er merkt, wie die Mädchen bewundernd auf sein Veilchen schauen.

»Das sieht vielleicht schön aus«, beschwert er sich, »aber es hat verdammt wehgetan!«

»Ist ja schon gut«, sagt Leo. »Flora hat es nicht so gemeint.«

»Doch«, sagt Flora. »Ich habe es genauso gemeint, wie ich es gesagt habe. Aber es war ja nur ein Vorschlag.«

»Ich habe eine andere Idee«, sagt Leo. »Wir gehen zu Frau Langemann und fragen sie ganz einfach, was mit Köhlers los ist. Schließlich haben wir ja mit ihr zusammen Herrn Köhler im Krankenhaus gesehen.«

»Super Idee«, sagt Johan. »Du benutzt wenigstens dein Hirn.«

»Soll das etwa heißen, dass ich meines nicht benutze?« Flora kneift ihn in den Hintern. Johan schreit auf.

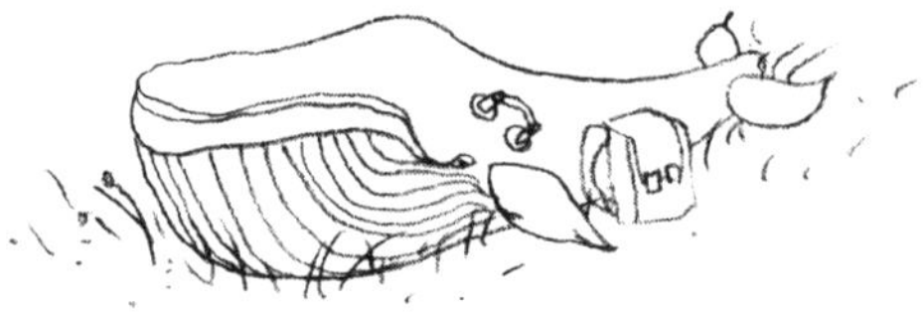

Neuntes Kapitel,
in dem jemand eine tolle Idee hat
und eine Stalltür zweimal klappert

Im Lehrerzimmer riecht es nach Kaffee und Bananen. Alle fünf Lehrkörper sitzen um den kleinen Holztisch und frühstücken. Der Tisch ist ähnlich vollgepackt wie die Proviantstelle der drei Freunde auf der Enteninsel. In der Mitte stehen eine große Obstschale und eine Keksschale und rundherum liegt von jedem das Butterbrot. Ob sie sich wohl auch gegenseitig abbeißen lassen?

Die Lehrer quatschen alle durcheinander und merken erst gar nicht, dass Leo, Flora und Johan hereinkommen, obwohl sie mehrere Male geklopft haben.

Frau Langemann ist nicht da. Sie sei wohl im Büro.

»Aber der Unterricht fängt gleich an!«, ruft Frau Burzweiler hinter ihnen her. »Wäre schön, wenn ihr diesmal von Anfang an dabei wärt.«

»Dauert nicht lange!«, ruft Leo, und dann flitzen sie los, an den Rehen vorbei, runter ins Büro. Auf dem Weg kommen ihnen Eric und Gregor entgegen.

Flora ist in Fahrt. »Na, Eric«, ruft sie. »Hast du deine bessere Hälfte verloren?«

Gregor guckt blöd. Er braucht ein Weilchen, bis er merkt, wer gemeint ist.

»Halt's Maul, Stinktier!«, ruft Eric und spuckt in den Flur.

»Selber Stinktier!«, ruft Flora zurück. »Oder stammst du vielleicht vom Lama ab?«

Leo fasst sie am – heute schwarz-weiß gestreiften – Ärmel und zieht sie weiter. Manchmal ist die kleine Flora so mutig, dass Leonie sie am liebsten bremsen möchte.

Flora macht sich von Leo los. »Ich möchte mal wissen, warum die immer spucken müssen! Das ist so was von ekelhaft!«

Bei Frau Langemann ist Chaos auf dem Schreibtisch. Es türmen sich Listen und Zettel, Ordner liegen kreuz und quer und auf ihrem Kopf ist auch Unordnung, wahrscheinlich hat sie sich den ganzen Morgen die Haare gerauft. Sie sieht auch sehr blass aus.

»Morgen«, sagen die drei.

»Morgen«, sagt Frau Langemann.

Flora stößt Leo an. Leo sagt: »Wir wollten nur mal fragen.« Da sieht sie den Korb an der Heizung, mit dem dicken Kasimir, ihrem alten Kater. Er liegt da wie tot.

»Er hat eine schwere Nierenbeckenentzündung«, erklärt Frau Langemann und seufzt. »Er bekommt Antibiotika, also Medikamente, die die Bakterien abtöten. Aber mir scheint, die töten auch alles andere in ihm ab.«

»Mein Opa hatte auch schon mal eine Nierenbeckenentzündung«, sagt Johan. »Die hat er prima überlebt.«

»Ja, Kasimir wird es bestimmt schaffen«, sagt Frau Langemann und geht zu ihrem Kater. Sie hockt sich hin – ihre

Knie knacken dabei – und streichelt ihm vorsichtig über den Kopf. Er reagiert nicht. Speichel rinnt aus seinem Maul. Frau Langemann nimmt ein Taschentuch und tupft es ab. Dann geht sie wieder an den Schreibtisch.

»Was wollt ihr denn, Kinder?«

Flora zögert nicht lange: »Wir wollten Sie fragen, was eigentlich mit den Köhler-Zwillingen los ist und mit Konrad.«

Frau Langemann holt tief Luft.

»Konrads Mutter ist mit vier von den Kindern in die Stadt gezogen, zu ihrer Schwester. Sie hat die Zwillinge aus der zweiten Klasse mitgenommen, Desiree aus der ersten Klasse und die kleine Amanda. Aber die wäre bei uns wohl sowieso nicht eingeschult worden, sondern in die Förderschule gekommen. Und wenn Konrad jetzt noch länger unentschuldigt vom Unterricht fernbleibt, wird er wieder sitzen bleiben und fliegt von der Schule. Dann kann er seine Schulkarriere gleich an den Nagel hängen.«

Die Direktorin sieht sehr müde aus. Sie fährt fort: »Ich verstehe einfach nicht, warum Frau Köhler sich nicht bei mir meldet! Leider erreiche ich auch Herrn Köhler nicht, obwohl er aus dem Krankenhaus entlassen ist.«

In dem Moment hebt Kasimir den Kopf und maunzt leise. Frau Langemann springt auf und träufelt ihm mit einer Spritze Wasser ins Maul.

»Seht mal, Kinder, er reagiert! Es ist das erste Mal seit zwei Tagen, dass er das Wasser aufschleckt! Ich wusste es doch, dass mein Dicker es schafft!«

Frau Langemann hat Tränen in den Augen. Sie steht auf,

wischt sie ab und sieht sehr erleichtert aus. Aber dann verfinstert sich ihr Gesicht wieder.

»Wo waren wir stehen geblieben? Ach ja, bei Köhlers.«

»Wie viel Kinder haben Köhlers eigentlich?«, fragt Leonie.

»Acht.«

»Ich dachte, sieben.«

»Chris behauptet sogar, es wären neun«, meint Flora.

Frau Langemann seufzt. Leonie sieht, dass ihr das jetzt zu viel wird.

Aber eine Frage hat sie noch: »Ist Herr Köhler wirklich die Kellertreppe runtergefallen?«

»Nein, soweit ich weiß, hat er sich mit den großen Brüdern von Konrad geschlagen. Sie sind wohl mit Flaschen aufeinander los.«

Leo wusste es doch, dass die Direktorin ihnen die Wahrheit sagt. Toll! Wenn Herr Köhler verletzt ist, heißt es im Dorf sonst immer, er sei schon wieder die Kellertreppe runtergefallen, und dabei grinsen dann alle schadenfroh.

»Übrigens vielen Dank für euren Protestbrief! Ihr habt wirklich gute Argumente gefunden. Alle Briefe sind abgeschickt, und ich habe den Schulrat eingeladen, nach den Pfingstferien zu uns zu kommen, damit er sich ein Bild von unserer Schule machen kann. Seid doch so lieb und nehmt die Einladungen für eure Eltern mit und verteilt die hier in der Klasse!« Frau Langemann gibt jedem einen Stapel Briefe. »Und nun ab in den Unterricht!«

Bevor die Kinder das Büro verlassen, ruft sie noch hinter ihnen her: »Könntet ihr bitte das, was ich euch eben über

Köhlers erzählt habe, für euch behalten? Es wird sowieso schon so viel über sie getratscht.«

Die drei nicken. Dann laufen sie los. Der Englischunterricht hat schon seit fünf Minuten angefangen.

»*Leonie, would you please be so kind and tell us what happens to Lilly*?«, fragt Mrs Müller in perfektem Englisch. Allerdings könnte Leonie nicht mal in perfektem Deutsch antworten, was mit dieser Lilly los ist, sie hat nämlich vergessen, den englischen Text für heute zu lesen.

Zum Glück gibt Mrs Müller ihr eine Nachfrist bis morgen. Aber sie muss bis dahin die Frage schriftlich beantworten. Auf Englisch, versteht sich! Leo pustet die Wangen auf und will gerade protestieren, doch da fragt Mrs Müller schon jemand anders. Mrs Müller kann manchmal echt stur sein.

Nach der Schule spendiert Flora Johan einen Berliner.

»Willst dich wohl bei mir einschmeicheln, weil du meine Süßigkeitenschublade geplündert hast«, sagt Johan und beißt in die falsche Seite des Berliners. Pflaumenmus läuft ihm übers Kinn. Er versucht, das Kinn mit der Zunge abzuschlecken, aber die Zunge ist zu kurz.

Leonie äfft ihn nach und versucht ebenfalls, mit der Zunge ans Kinn zu kommen. Aber auch sie schafft es nicht.

»Kauf doch Mrs Müller einen Berliner. Vielleicht musst du dann die Englischaufgabe nicht machen«, sagt Johan und schmunzelt.

»Pass du lieber auf deine Lippe auf«, brummt Leo.

Am Nachmittag liegt Leo auf ihrem Sofa unter dem Fenster und schaut hinaus in die Bäume. Sie hat mit Flora und Johan ausgemacht, dass sie gleich ins Schloss kommen. Leider ist es kühl und windig. Von Weitem hört sie Mamas Musik. Papa hat die Luftmatratzenflicken immer noch nicht gefunden; der Wal liegt schlapp vor dem Kamin.

Leo grübelt, wo Konni wohl sein könnte. Ganz sicher nicht in der Stadt. Dann hätte seine Mutter doch in der Schule Bescheid gesagt, oder? Irgendwas stimmt da nicht.

Als Flora und Johan kommen und sie sich zu dritt mit einer Tüte Chips auf dem Sofa flegeln, sagt Flora plötzlich: »Konni ist bestimmt untergetaucht.«

»Warum sollte er untertauchen?«, fragt Leo. »Man taucht nur unter, wenn man was auf dem Kerbholz hat.«

»Von mir aus kann er bleiben, wo der Pfeffer wächst«, sagt Johan.

»So weit wird er nicht gekommen sein«, witzelt Flora. »Pfeffer wächst in Südamerika.«

»Okay, Missis-knows-it-all!«

Flora streckt ihm die Zunge raus.

»Lasst uns lieber überlegen, wo wir neue Kinder für die Schule herkriegen«, sagt Leo. »Wir brauchen mindestens zwei für die Erste.«

»Wir können uns ja mit einem Schild in der Hand an die Hauptstraße stellen: ›AUTOS MIT KINDERN BITTE RECHTS RAN FAHREN‹«, sagt Johan.

»Au ja«, ruft Flora. »Und dann überreden wir die Eltern, hierher zu ziehen, und wir machen die Kinder schulfit.«

Johan und Flora kichern. Da klatscht Leo in die Hände.

»Mensch, das ist die Idee!« Sie steht auf und geht hin und her, wie Frau Langemann.

»Häh?«, sagt Johan. »Du willst doch jetzt wohl keine Schilder basteln und dich an die Hauptstraße stellen?«

»Nein, aber kleine Kinder schulfit machen! Man kann ja schon mit fünf Jahren eingeschult werden. Wir könnten die Eltern von Fünfjährigen überreden, ihre Kinder früher einzuschulen. Dann wäre die neue erste Klasse schon mal gerettet.«

Johan und Flora schauen sich an, dann Leo. »Und wie, bitte schön, soll das gehen?«, fragt Johan.

»Ganz einfach, wir machen die Kinder nächste Woche in den Pfingstferien schulfit.« Leo ist so richtig in Fahrt. »Kapiert doch endlich: Wir bereiten die Kinder in den Pfingstferien auf die Schule vor. Wenn wir das den Eltern anbieten, wäre das doch eine runde Sache. Sie müssten natürlich nichts dafür bezahlen.«

»Schule spielen, in den Ferien?«, mault Flora. »Bist du sicher, dass das eine gute Idee ist?«

Schritte auf dem Flur, dann ein Klopfen an der Tür.

»Herein«, sagt Leo.

Es ist ihr Vater. Seine kurzen blonden Haare sehen zerrauft aus. Außerdem hat er sich seit Tagen nicht rasiert. Wenn er so aussieht, kommt er gerade mit seinem Roman nicht weiter und lässt sich gern ablenken.

»Ahoi«, sagt er. »Wie geht's, wie steht's?«

Leo zeigt auf den Walfisch. »Der liegt immer noch flach, Papa. Wann suchst du endlich die Flicken?«

»Es müsste heißen: ›Wann findest du endlich die Flicken,

Papa?‹ Denn mit Suchen allein ist uns nicht geholfen«, antwortet er spitzfindig.

»Aber wer nicht suchet, der nicht findet«, sagt Leonie.

Papa kratzt sich am Stoppelkinn. »Das ist wahr, meine Liebe. Aber ich habe gesuchet.«

Leo hat jetzt keine Lust, sich auf die typischen Wortspielchen mit ihm einzulassen. »Was willst du überhaupt?«, fragt sie.

»Kann ich mal dein Sachkundebuch haben? Ich suche da was über heimische Teichrosen.«

Leo holt das Buch aus dem Rucksack und gibt es ihm.

»Danke«, sagt er und guckt sehnsüchtig auf die Kartoffelchipstüte.

»Tschüss«, sagt Leo.

Kaum ist Papa draußen, kommt er wieder rein.

»Ach Leolein, mach doch nächstes Mal bitte die Tür vom Stall wieder zu, und zwar den Riegel richtig zuziehen, sonst fegt der Wind die Tür auf und schlägt sie gegen die Wand. Bei dem Klappern kann ich mich nicht konzentrieren. Das macht mich ganz verrückt.«

»Die Tür vom alten Pferdestall? Da war ich gar nicht.« Leo schaut ihren Papa groß an.

»Komisch«, sagt er. »Ich musste heute schon zweimal runter, um sie zu verriegeln. Der Riegel ist ein bisschen ausgeleiert, aber wenn man ihn hochdrückt, geht die Tür zu.«

Leo holt Luft und will ihm gerade sagen, dass sie das selber weiß, aber er fällt ihr ins Wort: »Übrigens, die Flicken für die Luftmatratzen sind nicht im Stall, ich habe dort nachgeschaut. Im alten Heizhaus sind sie auch nicht, obwohl ich schwören könnte, dass ich die Kisten mit den Luftmatratzen dort zuletzt gesehen habe. Am besten, wir kaufen neue Flicken, und dann repariere ich euch dieses Ungeheuer da.« Er zeigt auf den Wal.

»Okay, aber mit Aufpusten!«, sagt Leo.

»Okay, aber nur mit Pumpe. Und für eine Handvoll Chips.«

Flora hält ihm die Tüte hin. Er nimmt sich eine Handvoll und verschwindet mit Leos Sachkundebuch.

»Wiedersehen macht Freude!«, ruft sie ihm hinterher.

Zehntes Kapitel,
in dem Leo etwas Glitzerndes findet
und dabei eingesperrt wird

In Heimatkunde lässt Leo eine Liste herumgehen, auf der steht: *Hast du noch kleine Geschwister? Wenn ja, kreuz mal an, wie alt!*

Martin dreht sich zu ihr um und fragt: »Warum willst du das wissen?«

Leo zeigt nach vorne, er soll nicht so auffällig fragen, aber Martin ist hartnäckig. Der gibt sich erst zufrieden, wenn er alles weiß, sonst kreuzt er nichts an. Und ausgerechnet er hat zwei kleinere Geschwister, wobei nur der Bruder für die Pfingstschule infrage käme.

Pfingstschule – wäre das nicht ein toller Name für ihren Schulfit-Kurs? Der Kurs soll im Schloss stattfinden, in der Pfingstwoche. Leos Mutter hat sowieso einen Malkurs für Kleine angeboten. Kinder im richtigen Alter wären also schon da. Man müsste sie nur noch ins Zimmer locken und schulfit machen.

»Und wie sollen wir sie vom Malkurs weg und in unseren Fitmach-Kurs locken?«, hat Johan gefragt.

»Da fällt uns schon noch was ein«, hat Leo geantwortet und war sehr stolz auf ihre Idee.

Den Eltern der Kinder wollen sie erst mal nichts erzählen und Mama und Papa auch nicht. Erwachsene müssen ja nicht alles wissen.

Frau Söhnlein, bei der sie Heimatkunde haben, steht an der Tafel und erklärt gerade, dass eine Million Jahre für die Erde überhaupt keine lange Zeit sei. Leonie schaut auf die Uhr. Martin hat immer noch nichts angekreuzt. In der Pause belagert er sie bestimmt wieder, weil er wissen will, was das Ganze soll. Na ja, dann muss man es ihm eben sagen, natürlich nicht gleich den Hauptgrund, aber den anderen: dass Mama einen Malkurs anbietet und sie dafür etwas Werbung machen wollen.

Noch zehn Minuten, dann ist endlich große Pause. Frau Söhnlein sagt gerade, dass auch eine Milliarde Jahre für die Erde keine lange Zeit sei. Plötzlich schießt Leo das Blut in den Kopf. Sie hat ihre Englisch-Hausaufgabe zu Hause vergessen. Das darf doch nicht wahr sein! Gestern Abend hat sie sich noch so damit herumgequält und nun ihr Heft vergessen. So ein Mist aber auch! Mrs Müller wird bestimmt denken, es sei eine faule Ausrede.

Leo knibbelt an ihrem Radiergummi herum. Hoffentlich nimmt Frau Söhnlein sie jetzt nicht noch dran! Außer dass die Erde ewig Zeit hat – im Gegensatz zu ihr –, könnte sie von der Stunde nichts wiedergeben.

Endlich ist Pause! Gleich stürmen Johan und Flora auf sie zu. Martin ist auch schon da und will wissen, was los ist. Sie flüstert Flora zu, was sie Martin sagen sollen. Sie wolle schnell nach Hause laufen und ihr Englisch-Heft holen.

Eigentlich muss man sich abmelden, wenn man den Schulhof verlässt, aber wenn sie jetzt erst zum Lehrerzimmer geht, um zu fragen, schafft sie es nicht mehr bis nach Hause und zurück. Also läuft sie los. Johan und Flora wissen Bescheid.

Leonie rennt den ganzen Weg. Immer schön im gleichen Tempo, damit sie nicht aus der Puste kommt. Als sie von der Dorfstraße abbiegt, fällt ihr ein, dass sie ja die Abkürzung nehmen könnte, am Teich vorbei und ein Stückchen durch den Wald. Dann würde sie auf der anderen Seite vom Schloss rauskommen, bei den Nebengebäuden und Ställen. Sie müsste zwar durchs Gestrüpp und durch die Brennnesseln, aber sie hat ja eine lange Jeans an.

Sie steckt die Hose in die Socken und hält die Arme hoch. Jetzt ist sie schon am alten Heizhaus und läuft an den Ställen vorbei, schaut hoch, ob Papa oben im Turmzimmer sein Fenster offen hat. Es ist zum Glück zu. Besser, wenn sie den Eltern nicht über den Weg läuft. Dann muss sie auch nichts erklären.

Leo will gerade durch den ehemaligen Dienstboteneingang ins Schloss, da sieht sie, dass die Stalltür schon wieder offen steht. Heute ist zwar kein starker Wind, aber sie will die Tür mal lieber zumachen, bevor Papa sie wieder verdächtigt, sie hätte sie offen gelassen. Dabei war sie schon lange nicht mehr im Pferdestall. Früher haben sie dort viel gespielt, weil Johan behauptet, es rieche noch so schön nach Pferd. Sie haben dann auch Pferd gespielt und sich gegenseitig die Hufe ausgekratzt und dabei gewiehert. Aber irgendwann fanden sie das nicht mehr so spannend. Und dann kam ja auch die Gummitwist-Phase, wo sie jede freie Minute auf dem Vorplatz Gummitwist gespielt haben. Mein Gott, ist das schon lange her!

Die große Stalltür knarrt. Leo will gerade den Riegel vorschieben, da sieht sie etwas auf dem Boden glitzern. Lutscherpapier! Sie hebt es auf. Kein Zweifel, es ist von diesen *Magic*-Lutschern. Wie kommt das denn hierher? Leo schaut in den Stall, lauscht. Es zwitschern nur ein paar Spatzen im Gebälk. Sie schaut über die Tür der ersten Box. Seltsam, die war doch mal voller Stroh gewesen! Jetzt ist sie halb leer und im Gang liegt überall Stroh verstreut. Als wenn es jemand herumgetragen hätte.

Sie geht zur nächsten Box. Da sieht sie durch das Stroh etwas Grünes schimmern. – Die Luftmatratzen!

In dem Moment knallt die Tür zu und es wird dunkel im Stall. Leo bleibt das Herz stehen. Sie versteckt sich hinter der Haferkiste, hört, wie von außen der Riegel vorgeschoben wird. Schritte. Leos Herz rast. Sie ist kurz davor, zu schreien. Jemand hat sie eingesperrt!

Da sieht sie einen dünnen Lichtstreifen auf dem Fußboden. Die Fensterläden sind nur angelehnt, was für ein Glück! Im Nu ist sie auf der Futterkiste, öffnet das Fenster und schiebt vorsichtig die Läden auf. Niemand zu sehen! Sie klettert hinaus und rennt zum Schloss. Am Dienstboteneingang bleibt sie stehen und muss erst mal verschnaufen. Sie zittert. Einen Moment weiß sie gar nicht mehr, warum sie hier steht und ob sie das alles nicht nur träumt. Aber dann durchfährt sie ein Schreck! Wie viel Zeit ist wohl inzwischen vergangen?

Sie rennt ins Schloss, über den Flur und die Treppe hinauf in ihr Zimmer. Von Weitem Mozart, *Klavierkonzert Nr. 21 in C-Dur*, zweiter Satz. Sie muss gar nicht leise sein, Mama hört sowieso nichts im Atelier und Papas Turmzimmer ist weit entfernt.

Das Englisch-Heft liegt auf ihrem Schreibtisch. Leo schnappt es sich und läuft los. Sie will wieder die Abkürzung nehmen, obwohl ihr mulmig ist. Immerhin ist sie eingesperrt worden und weiß nicht, von wem. Aber sie hat jetzt keine Zeit, darüber nachzudenken. Sie drückt die Fensterläden am Pferdestall zu und trabt los, durch das Brennnesselgestrüpp, durch den Wald; auf der Dorfstraße gibt sie richtig Gas, rennt, als säße ihr der Teufel im Nacken.

Es kommt ihr vor, als wäre sie stundenlang weg gewesen, aber als sie auf den Schulhof biegt, ist es gerade erst fünf vor zwölf. Sie hätte sich gar nicht so zu beeilen brauchen.

»Wie siehst du denn aus?« Flora zupft Leo Strohhalme und Spinnweben aus den Haaren. »Bist du irgendwo rumgeklettert? Guck mal deine Hose an!«

Leo klopft sich den Staub von der Jeans. Johan reicht ihr seinen Kamm. Leo will gerade alles erzählen, da kommt Martin angedackelt.

»Kann ich bei dem Malkurs auch mitmachen?«

»Nee«, sagt Leo. »Der ist nur für Fünfjährige.«

»Wieso denn? Ich störe doch nicht. Ich male doch nur.«

Leo sieht hilflos ihre Freunde an. Flora kaut auf der Unterlippe, Johan zieht die Schultern hoch.

»Mal sehen«, sagt er. »Erst mal schauen, wie viele Kinder kommen.«

»Drei«, sagt Flora. Sie hat die Liste in der Hand. »Martins

Bruder Max, Simone Mückes Cousine Nicole und der kleine Sven vom Biobauern.«

»Drei Kinder sind doch viel zu wenig für einen Malkurs. Ein echter Malkurs hat mindestens vier Kinder«, sagt Martin. »Ach bitte, lasst mich doch mitmachen!«

Martin kann echt nerven!

»Mal sehen«, sagt Leo. Sie schaut auf die Uhr. Die Pause ist zu Ende.

Auf dem Weg zum Klassenzimmer flüstert Leo Flora zu: »Ich muss euch unbedingt was erzählen! Nach der Schule treffen wir uns am Baumhaus, okay?«

Flora nickt, klaubt Leo noch einen Halm Stroh aus dem Nacken und flüstert es Johan weiter. Jetzt haben sie erst mal Englisch.

»*That's just wonderful*«, sagt Mrs Müller, nachdem Leo ihre Englisch-Aufgabe vorgelesen hat. Sie gibt Leo eine Eins. Leo strahlt.

Zum Glück vergeht die Stunde schnell. Martin guckt schon wieder so bettelnd. Den müssen sie auf jeden Fall abhängen. Nicht dass sie ihn nachher noch mal an der Backe haben.

Nach der letzten Stunde stürmen sie zum Baumhaus. Leo ist zuerst da. Dann kommt Flora. Johan als Letzter. »Immer schön mit der Ruhe«, sagt er. »Sonst verschlucke ich mich noch.« Er ist bereits wieder am Essen. Die Strickleiter weht im Wind, oben sind zwei Jungs aus der zweiten Klasse.

»Schon besetzt!«, rufen sie runter. Dabei gibt es das gar nicht. Ins Baumhaus darf jeder. Aber das ist jetzt egal. Leo,

Flora und Johan verdrücken sich hinter den Baumstamm. Leo zieht das Lutscherpapier aus der Tasche und hält es den Freunden unter die Nase.

»Ist ja nichts mehr drin«, sagt Johan. »Wie schade!«

»Das habe ich bei uns im alten Pferdestall gefunden«, sagt Leo. »Jemand hat mich eingesperrt! Zuerst dachte ich, es waren Einbrecher, aber Simone hat doch gesagt, sie hätte Konni gesehen, wie er *Magic*-Lutscher gekauft hat. Genau diese hier!«

»Meinst du, er hat sich bei euch im Stall versteckt?«, fragt Johan.

Leo zuckt die Schultern.

»Aber warum?«, fragt Flora.

Am Nachmittag treffen sich die drei Freunde bei Leonie und schleichen um den alten Pferdestall herum. Dabei horchen sie auf jedes Geräusch. Aber selbst Flora hört nichts Verdächtiges, nur ein paar dicke Fliegen brummen von innen gegen die Scheibe.

Leo schiebt den Riegel auf. Ihre Knie werden wacklig; die Tür knarrt. Sie geht als Erste in den Stall, gefolgt von Flora und Johan. Die zweite Box steht sperrangelweit offen. Die Luftmatratzen sind weg. Überall liegt Stroh.

»Bist du sicher, dass hier zwei Luftmatratzen waren?«, fragt Johan.

»Natürlich! Unsere Luftmatratzen! Noch heute Morgen!« Leo durchstöbert das Stroh mit dem Fuß. Plötzlich hören sie Schritte. Jemand nähert sich dem Stall.

»Los, versteckt euch!« Leo und Flora laufen in die letzte

Box und ducken sich. Johan versteckt sich hinter der Futterkrippe.

»Hallo, ist da wer?«

»Papa!« Leo springt auf und schüttelt das Stroh von sich ab.

Franz schaut über die Box. »Hab ich's mir doch gedacht, dass ihr dahintersteckt. Spielt ihr wieder Pferd?« Er schmunzelt.

Johan tritt hinter der Futterkrippe hervor, Flora und Leo kommen aus der letzten Box.

»Von mir aus könnt ihr auch Elefant spielen«, sagt Papa. »Aber bitte macht hinterher diese verdammte Stalltür wieder zu. Der Riegel ist zwar locker, aber es gibt einen Trick. Kommt, ich zeig ihn euch. Ihr müsst bloß …«

»Hast du heute Morgen die Tür auch zugemacht, Papa? So etwa gegen halb zwölf?«

Papa seufzt. »Ja. Heute Morgen, gestern Abend. Wenn man den Riegel ganz durchschiebt, guckt mal, so, dann hält er auch. Ich bitte euch, achtet darauf, denn die Stalltür klappert mich jedes Mal aus meinem Roman.«

»Hast du jemanden im Stall gesehen, Papa?«

»Außer euch nur noch Ali Baba und die vierzig Räuber.«

»Ach Papa, im Ernst!«

»Nein. Wen soll ich denn gesehen haben?«

Flora stößt Leo leicht in die Seite. Leo versteht und bohrt nicht weiter nach. Wenn Papa jemanden gesehen hätte, hätte er das längst gesagt.

»Los, kommt!«, sagt Leo. »Wir wollten doch zum See.«

Am See ziehen sie nur die Schuhe und die Socken aus. Es ist immer noch zu kalt zum Baden. Frau Burzweiler hat gesagt, das komme von den Eisheiligen: irgendwelche Kalendergeister, die im Mai kalte Tage bringen.

Johan bibbert. Leonie schnuppert wie ein Hund. Plötzlich horcht Flora auf. »Seid mal still!« Dabei hat keiner was gesagt. »Ich hab da eben was gehört.« Flora hat wirklich Ohren wie ein Luchs.

»Hier riecht es nach Rauch«, sagt Leo. »Irgendwer grillt Fisch.« Johan steht auf. »Und guckt mal da! Da hinten am Steg raucht es.«

Die drei wollen sich das näher ansehen, nehmen Socken und Schuhe in die Hand und gehen den schmalen Weg am See entlang. Kurz vor dem Steg schlagen sie sich in die Büsche. Flora robbt vor und biegt ein paar Buschzweige auseinander.

»Ach du meine Güte«, sagt Johan hinter ihr.

»Pst!«, macht Leo.

Keine zehn Meter von ihnen entfernt sitzt Konrad am Lagerfeuer. Er hat einen Fisch auf einen Stock gespießt und dreht ihn über den Flammen. Neben ihm sitzt ein kleines Mädchen mit völlig verfilzten Haaren. Irgendwie kommt es Leo bekannt vor.

Johan tritt auf einen Zweig, es knackt. Sie ducken sich schnell und bleiben am Boden.

Konrad steht auf und schaut genau in ihre Richtung, sieht sie aber nicht. Das kleine Mädchen hat einen Lutscher im Mund.

»Gleich gibt es lecker, lecker Fisch«, sagt Konrad mit einer weichen, netten Stimme, die Leo noch nie bei ihm gehört hat. »Du kannst ja nicht immer nur Lutscher essen.«

Die Kleine lächelt und schmiegt sich an ihn.

»Und Kartoffeln dazu. Ketchup haben wir auch. Da läuft einem doch das Wasser im Mund zusammen, was, meine Süße?«

Konrad blinzelt der Kleinen zu. Sie ist barfuß. Ihre Füße sind schwarz.

»Wenn dir kalt ist, rutschen wir ein bisschen näher ans Feuer.«

Das Mädchen kuschelt sich noch näher an Konrad.

»Du bist mein allerbester Schatz«, sagt Konrad. »Nicht dass du dich noch erkältest! Das können wir uns jetzt nicht erlauben.«

Elftes Kapitel,

in dem ein Feind ins Haus kommt
und man kleine Kinder mit Schokolade besticht

Am nächsten Tag parkt ein silbergrauer *Toyota* vor dem Schloss. Erics Mutter, Frau Haase, steigt aus, mit Stöckelschuhen und Sonnenbrille, in der Hand einen Blumentopf mit gelben Primeln. Nanu, was will die denn hier? Leo huscht zur Seite, nicht dass Frau Haase sie am Fenster sieht. Mama lässt Frau Haase rein und bittet sie in die Küche.

Leo lauscht hinter angelehnter Tür.

Ob sie wegen Konni hier ist? Ob Eric weiß, dass Konni sich im Wald rumtreibt? Leo hat die ganze Nacht darüber nachgedacht. Sie ist sich jetzt auch sicher, dass das kleine Mädchen genau das Mädchen ist, das sie letzte Woche am Ententeich weglaufen sahen. Es ist auch dasselbe Mädchen, das bei Köhlers oben am Fenster stand. Überhaupt kein Zweifel.

»Ich weiß, dass mein Eric manchmal etwas schwierig ist. Es war nie sehr einfach mit ihm, er ist so unzugänglich, hat seinen eigenen Kopf, immer schon gehabt«, hört Leo Frau Haase sagen. »Ich glaube, ein bisschen Kunst würde ihm gut tun, ihn auch mal vom Computer weglocken. Immer diese Ballerspiele. Aber glauben Sie mir, er ist ein guter Junge. Er hat im Moment nur schlechten Umgang. Ich dachte, auf dem Land wäre das besser als in der Stadt, deshalb haben wir ihn ja auf die Dorfschule geschickt, aber das scheint nicht der Fall zu sein. Schauen Sie sich doch nur diese Köhlers an!«

Leonie hört nun, wie Frau Haase über Köhlers herzieht.

»Völlig asozial, diese Leute. Ich habe Eric den Umgang mit Konrad verboten. Der luchst unserem Eric alles ab.«

Leo sieht durchs Schlüsselloch, wie Frau Haase zögert, bevor sie sich auf einen Stuhl setzt, obwohl die Stühle, bis auf Mamas Malerstuhl, nicht abfärben. Mama bietet ihr Tee an, aber keinen frischen, sie nimmt von dem lauwarmen, der noch vom Frühstück auf dem Tisch steht. Wenn es nach Leonie ginge, könnte sie ihr auch altes Farbwasser geben!

Frau Haase guckt angeekelt auf den krümeligen Tisch. Auf einem Marmeladenklecks sitzen zwei dicke Fliegen. Jeder im Dorf weiß, dass Haases eine Putzfrau haben, eine Wäschefrau und einen Osteuropäer, der ihnen den Vorgarten mäht. Und dass Erics Vater Filialleiter von irgendeiner Baufirma ist, mit eigenem Büro und eigenen Sekretärinnen, und dass seine Mutter eigentlich nicht arbeiten gehen müsste, weil sie eh genug Kohle haben, aber sie sei halt unentbehrlich. Niemand mache die Arbeit so gut wie sie. Deswegen konnten sie auch so einen schönen Bungalow bauen, mit Swimmingpool im Garten. Damit gibt Eric in der Schule oft genug an.

»Und warum schaufelst du dann ununterbrochen Süßigkeiten in dich rein?«, hat Flora Eric einmal gefragt. »Kriegst du zu Hause nichts Richtiges zu essen?«

»Vielleicht ist der Koch krank«, hat Johan gesagt. »Da gibt's nur Pupspizza.«

»Pupspizza mit Kotzketchup«, hat Leo gesagt und Flora waren auch noch ein paar Gerichte eingefallen. Eric, der an dem Tag ohne Kumpels unterwegs war, kriegte eine rote Birne und machte, dass er wegkam.

Mama kommt jetzt auf den Walfisch zu sprechen, sie sagt freiheraus, dass Eric den Walfisch kaputt gemacht hat.

»Mit einer Zigarette!«

Das will Frau Haase gar nicht glauben. Leos Ohren wachsen.

»Mein Eric raucht doch nicht!«, sagt Frau Haase. »Das muss dieser Konrad gewesen sein. Der hat ja immer Zigaretten dabei. Die kauft er von den Arbeitslosen! Was meinen Sie, wie das bei uns im Haus stinkt, wenn der da war. Nicht nur von den Zigaretten.«

Frau Haase ist eine Meisterin im Ablenken. Im Nu ist sie beim Thema Malen und Mama lässt sich auch noch darauf ein. Frau Haase will unbedingt, dass Eric bei dem Malkurs mitmachen darf. Bloß der nicht! Leo kocht vor Wut. Warum wirft Mama sie nicht raus? Aber nein, sie lässt sich sogar noch gelbe Primeln von der blöden Kuh schenken! Dabei kann Mama Primeln nicht ausstehen. Schon gar keine gelben!

Als Frau Haase endlich wieder abgedüst ist, schnauzt Leo ihre Mutter an: »Ich finde es unmöglich, wenn du Eric mitmachen lässt!«

»Aber ich kann doch nicht sagen, dass er nicht kommen darf ...!«

»Doch! Das kannst du. Eric hat schließlich unseren Walfisch kaputt gemacht!«

Beinahe wäre es ihr rausgerutscht, dass er Johan geschlagen hat, aber Flora und sie haben Johan geschworen, es niemandem zu sagen.

»Das habe ich mit Frau Haase besprochen. Eric wird sich bestimmt entschuldigen.«

»Er soll uns lieber einen neuen kaufen! Die haben doch so viel Kohle!«

»Leo, bitte. Reg dich nicht so auf. Bei mir darf jeder malen. Vielleicht wird er ja dadurch umgänglicher und macht nicht mehr so viel Blödsinn.«

»Klar, Mama. Malen macht nett!« Leonie ist immer noch ziemlich sauer. »Wie viel bezahlt Frau Haase dir denn, dass er mitmachen darf?«

»Genauso viel wie die anderen: fünf Euro für Materialkosten. Der Malkurs ist umsonst. Es ist ja erst mal nur ein Schnupperkurs. Wenn dann jemand Interesse hat, kann er einmal in der Woche Unterricht bei mir nehmen. Das kostet dann natürlich mehr.«

»Aber Frau Haase hat dir doch Geld angeboten. Ich hab genau gesehen, wie sie ihr silbernes Portemonnaie gezückt hat.« Als Mama stutzt, fügt Leo hinzu: »Ich hab durchs Schlüsselloch geguckt.«

»Sie wollte, aber ich wollte nicht«, erklärt Mama. »Und wenn du schon durchs Schlüsselloch geguckt hast, wirst du wohl auch gesehen haben, dass ich nicht besonders nett zu Frau Haase war. Ich habe ihr vom alten Frühstückstee angeboten.«

»Für die ist der Tee von vorgestern noch zu schade!«

»Leonie!«

»Ist doch wahr! – Und wie viel hat sie dir nun angeboten?«

»50 Euro.«

Leo rennt aus der Küche und schimpft vor sich hin. Schade um das schöne Geld! Zumal Haases doch so viel Kohle haben und sie so gut wie keine, weil ihre Eltern einfach nicht reich und berühmt werden! Allerdings müsste man mindestens 1000 Euro kriegen, um den Kotzbrocken Eric zu ertragen. So ein Mist aber auch!

In ihrem Zimmer wirft Leonie sich aufs Sofa. Mal abgesehen davon, dass seine bloße Anwesenheit unerträglich ist, würde Eric auch das Schulfit-Projekt stören. Es sind sowieso schon Kinder dabei, die für das Projekt nicht infrage kommen. Martin zum Beispiel, und noch ein paar aus der Dritten und Vierten. Das Ganze ist doch eine geheime Mission! Es soll keiner mitkriegen, wenn die drei Freunde mit den Kleinen für die Schule üben.

Und es hat lange genug gedauert, bis ihr Plan endlich reif war: Sie wollen die Kleinen erst mal ein bisschen malen lassen und dann mit ihnen in Leos Zimmer gehen, um sie dort mit Aufgaben schulfit zu machen. Dazu müssten sie sie locken, am besten mit Süßigkeiten. Johan hat sich bereit erklärt, etwas aus seiner Schublade zu sponsern.

Leo schnappt sich ihr Telefon und ruft Flora und Johan an. Sie sollen sofort ins Schloss kommen. Krisensitzung!

Keine 20 Minuten und die beiden sind da. Sie setzen sich mit aufs Sofa und werden vom aktuellen Stand der Dinge unterrichtet.

Nach einer Weile Schweigen sagt Johan: »Vielleicht ist es

gar nicht so schlecht, wenn Eric, Martin und die anderen dabei sind. Martin malt doch so gern. Das wird deine Mutter freuen und um den dicken Eric muss sie sich bestimmt besonders kümmern. Vielleicht ist sie dann sogar froh, wenn die Kleinen mit uns in Leos Zimmer gehen …«

Bei der ersten Malstunde stellt sich dann allerdings heraus, dass die Kleinen auch sehr gern malen und überhaupt nicht unruhig werden. Leo schaut auf die Uhr, dann auf die Kinder. Hoch konzentriert, mit der Zunge zwischen den zusammengepressten Lippen, sind sie über das Papier gebeugt und malen.

Nur Eric sitzt da wie bestellt und nicht abgeholt, er sagt nichts, kaut Kaugummi mit offenem Mund und glotzt durch die Gegend. Er will einen Comic haben, zur Vorlage, damit er ein paar Figuren abpausen kann.

Der kleine Sven vom Biobauern malt nur braune Streifen und sagt: »Trecker.« Er ist bekannt dafür, dass er kaum mehr als »Trecker« sagt, obwohl er doch auch schon fünf ist. Das erzählt man sich sogar beim Bäckerwagen und alle aus dem Dorf finden es niedlich.

Martins kleiner Bruder Max ist gerade dabei, einen Menschen in acht Portionen aufzuteilen, so wie Frau Kupferberg es ihnen vorhin gezeigt hat.

»Die acht Stückchen sind alle gleich groß«, sagte sie. »Das nennt man Proportionen.«

Max malt die acht Stückchen mit verschiedenen Farben aus. Nicole Mücke will lieber Vögel zeichnen. Auch okay. Leo hockt sich neben die Kleinen und tut so, als schaue sie sich ganz interessiert die Bilder an. Unter dem Tisch hat sie eine Handvoll Schokoriegel.

»Die kriegt ihr aber erst, wenn ihr mit uns Schule spielt«, flüstert sie.

»Au ja«, sagt Nicole. Sven und Max lassen auch schnell die Pinsel fallen, als sie »Schokolade« hören. Eric kneift die Augen zu kleinen Schlitzen zusammen, merkt, dass da was im Gange ist, aber er schnallt nicht, was. Gut so!

»Mama, wir gehen ein bisschen rüber zu mir«, sagt Leo nach einer Weile. »Wir spielen mit den Kleinen. Sie haben keine Lust mehr zum Malen.«

Mama stutzt, denn vorhin waren sie doch alle noch so hoch konzentriert. Hoffentlich grübelt sie jetzt nicht nach, ob sie was falsch gemacht hat.

»Das ist auch in der Schule so, wenn wir Lehrer spielen«, beruhigt Leo sie. »Die Kleineren können sich noch nicht länger als zehn Minuten konzentrieren«, sagt Leo. Das hat sie vor Kurzem mal im Radio gehört.

»Na gut«, sagt Mama. »Ist nett von dir, dass du dich um sie kümmerst.«

»Kein Problem«, sagt Leo und sieht zu, dass sie wegkommt.

Eric guckt so, als ob er auch gern mitkommen würde. Aber er traut sich wohl nicht zu fragen, wohin sie gehen. Weder Leonie noch Johan haben bis jetzt mit ihm gesprochen. Nur Flora hat ihm vorhin zugeraunzt: »Rotz hier bloß nicht auf den Boden!«

Leo würde ihn auch ganz sicher nicht in ihr Zimmer mitnehmen.

»So«, sagt Leo. »Wir spielen jetzt Schule. Flora, Johan und ich sind eure Lehrer und üben mit euch Mathe, Deutsch und Englisch. Setzt euch da aufs Sofa und hört gut zu.«

»Und wann gibt es die Schokolade?«, fragt Nicole.

»Wenn ihr alle Aufgaben richtig beantwortet habt«, sagt Johan.

Flora flüstert, das sei Erpressung und ob sie ihnen nicht schon vorher ein bisschen Schokolade geben sollen, dann wären sie bestimmt aufmerksamer.

»Na gut«, sagt Leo und teilt einen Schokoriegel in drei Stücke. »So, und nun konzentriert euch, dann dürft ihr dieses Jahr schon in die Schule.«

»Aber ich komme erst nächstes Jahr in die Schule«, sagt Nicole.

»Ich auch«, sagt Max.

Sven guckt aus dem Fenster und sagt: »Trecker!«

»Ach was«, sagt Johan. »Wenn ihr euch anstrengt, könnt ihr dieses Jahr schon eingeschult werden. Ihr wollt doch, oder?«

»Ja!«, rufen Nicole und Max.

Sven guckt immer noch aus dem Fenster.

»Also, wie viele Finger habe ich hier?«, fragt Leo.

»Zwei«, rufen Nicole und Max.

Leo hält noch mal zwei Finger hoch. »Und wenn ich jetzt diese zwei Finger und diese zwei Finger zusammenzähle, wie viel Finger habe ich dann?«

»Vier!« Nicole ist ein bisschen schneller als Max. »Rechnen lernen wir schon im Kindergarten!«

»Wir auch«, sagt Max.

»Klar. Du bist ja auch in meinem Kindergarten.«

»Nein, du in meinem! – Ich kann auch schon das ABC! A, B, C, D, E, F, I, H, M, O, R, Z.«

»Trecker«, sagt Sven. »Ich kann Trecker fahren!«

Die drei Lehrer schauen sich an.

»Hast du das auch im Kindergarten gelernt?«, fragt Johan.

Sven schüttelt den Kopf. »Von Papa.« Er strahlt.

Es ist bekannt, dass der Biobauer seinen Jüngsten immer auf dem Trecker mitnimmt. Manchmal sitzt er den ganzen Tag in dem Knatterding und fährt hin und her, immer hin und her, über die großen Felder.

»Was sollen wir ihnen jetzt noch beibringen?«, fragt Leo. »Rechnen können sie. Das Alphabet auch. Englisch?«

Flora und Johan nicken.

»Okay. *What is this?*« Leo zeigt den Kindern einen Bleistift.

»*Pencil*«, sagt Nicole. Johan pfeift durch die Zähne.

»*And this?*« Leo hebt ein Buch hoch.

»Trecker«, sagt Sven. Nicole und Max lachen sich kaputt.

»Buk«, sagt Max. »Kein Trecker!«

»Trecker!«, sagt Sven.

Johan seufzt. »Wenn die auch schon Englisch können, was bringt man ihnen dann noch bei?«

»Trecker«, sagt Sven und macht »Brumm, brrrrumm«.

»Na ja«, sagt Leo. »Konzentrieren wir uns lieber auf Nicole und Max. Sven übernimmt sowieso den Betrieb von seinem Vater. Der muss erst gar nicht in die Schule.«

»Brrrrummm, brrrrrrrrum«, macht Sven. Spucke tropft ihm aus dem Mund. Die anderen beiden werden auch unruhig.

»Dürfen wir jetzt wieder malen?«, fragt Max.

»Und was ist mit der Schokolade, die ihr uns versprochen habt?«, fragt Nicole.

»Gleich«, sagt Leo. »Noch eine Aufgabe. Kommt mal her, an den Tisch.«

Die Kinder rennen zu Leos Schreibtisch. Sven fährt mit dem Trecker.

Leo legt zwei Eurostücke auf den Tisch. »Wie viel Geld ist das?«

»Zwei Euro.«

»Und das?« Leo ersetzt eine Ein-Euro-Münze durch eine Zwei-Euro-Münze.

»Zwei Euro«, sagen Nicole und Max.

»Nein«, sagt Leo. »Guckt mal genau hin.«

»Zwei Euro! Und jetzt wollen wir die Schokolade!«

»Kriegt ihr aber nicht, weil es nicht richtig ist. Guckt doch mal genau auf die Münzen!«

»Bruuummmm, brrrrrrrrummm«, macht Sven und sprüht Spucke auf den Tisch.

»He«, sagt Leo, »steig du mal lieber in deinen Trecker und lass uns hier in Ruhe.«

Sie wischt Svens Spucke von den Münzen. Nicole und Max behaupten immer noch, dass es zwei Euro seien.

»Manno!« Leo verliert langsam die Geduld. »Seht ihr denn nicht die Ziffern auf den Münzen? Es sind zwei Münzen, aber wie viel Euro sind es?«

»Drei!«, ruft Sven aus seinem Trecker und fährt weiter.

Leo fällt die Kinnlade runter. Sie steckt das Geld ein. »Okay«, sagt sie. »Genug für heute.«

Johan gibt ihnen die Schokolade.

Später sitzen sie auf dem Sofa, völlig erschöpft.

»Lehrerin werde ich ganz sicher nicht«, sagt Leo.

»Ich auch nicht«, sagt Flora.

»Ich werde Treckerfahrer«, sagt Johan und macht: »Brrrrrrrruuuuuuummmm!«

Leo und Flora gucken sich an und verdrehen die Augen. Leo ist ratlos. Irgendwie glaubt sie nicht mehr so recht daran, dass es mit dem Schulfit-Kurs klappen könnte. Wenn sie nicht mindestens zwei Kindergartenkinder finden, die sich früher einschulen lassen, dann wird es nicht genug Schüler für eine neue erste Klasse geben.

»Wir dürfen auf keinen Fall schon aufgeben«, sagt Flora.

»Nein, wir geben nicht auf!«, sagt Johan und wischt sich die Spucke ab. »Oder doch?«

Leo und Flora boxen ihn vom Sofa. Er legt sich auf den Teppich, die Hände unter dem Kopf verschränkt, und schaut hoch zur Decke. Die Schlosszimmer sind sehr hoch, über drei Meter. Johan behauptet immer, man könnte viel besser unter so einer hohen Decke träumen als in seinem niedrigen Zimmer.

»Jetzt wird aber nicht geträumt«, sagt Leo. »Jetzt wird scharf nachgedacht.«

»Kann ich vielleicht erst mal was zu trinken haben?«, fragt Johan. Flora reicht ihm eine Flasche Mineralwasser.

»Konrad ist also nicht mit seiner Mutter in der Stadt«, fährt Leo fort. »Sonst hätten wir ihn ja nicht am See gesehen.«

»Dass der sich tagelang hier verstecken kann«, sagt Flora. »Komisch, dass ihn keiner sucht. Sein Vater oder seine Mutter müssten ihn längst vermisst haben. Und Frau Langemann hat ihnen bestimmt schon einen Brief geschrieben, dass er nicht mehr in die Schule kommt.«

»Vielleicht vermisst ihn keiner«, sagt Johan. »Bei so vielen Kindern geht schon mal der Überblick verloren. Und wenn man besoffen ist, kann man sowieso nicht mehr richtig zählen. – Wer ist eigentlich das kleine Mädchen?«

»Bestimmt eine seiner kleinen Schwestern«, sagt Leo. »Habt ihr gesehen, wie verfilzt ihre Haare sind?«

»Ja«, sagt Flora. »Die sind voller Kletten. Und es sieht so aus, als wären schon ein paar rausgeschnitten worden. Ich hatte auch mal eine im Haar. Die kriegste ohne Schere nicht wieder raus.«

Leonie kneift die Augen zusammen, das macht sie immer, wenn sie scharf überlegt. »Sagt mal, hat Frau Langemann nicht was von einer Amanda erzählt?«

»Stimmt!«, ruft Flora. »Sie hat gesagt, die kleine Amanda komme wohl auf eine Förderschule.«

»Was ist eine Förderschule?«, fragt Johan.

»Da wird man gefördert«, sagt Leo.

»Fördern können wir selber«, sagt Johan. »Wenn diese Amanda in unseren Schulfit-Kurs käme, hätten wir noch ein Kind mehr. Dann könnten wir die Schule retten!«

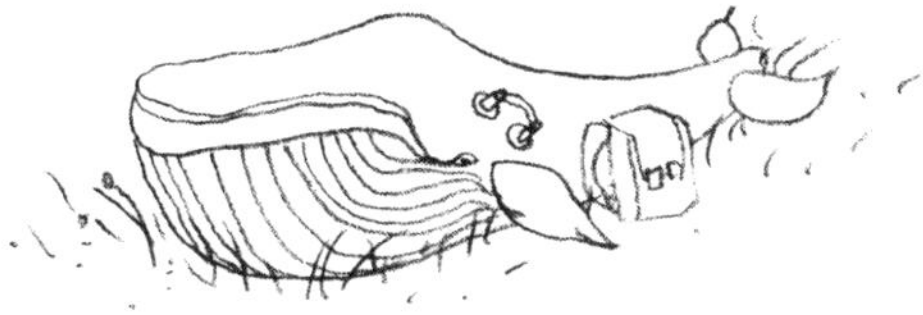

Zwölftes Kapitel,

in dem einer auf Puppen schießt
und ein anderer seine kleine Schwester tröstet

Die Pfingstferien vergehen viel zu schnell. In ein paar Tagen fängt die Schule schon wieder an. Leo sitzt auf dem Klo und traut sich nicht, Papier abzureißen. Eine dicke, behaarte Spinne sitzt genau auf der Rolle. Bei näherer Betrachtung sieht sie, dass es sich um ein besonders seltenes Exemplar handelt: um eine Zebraspringspinne, mit acht Beinen und acht Augen.

Nach ihrer Mama zu rufen, würde nichts nützen. Die ist am Malen, mit Mozart, und Papa würde in seinem Turm auch nichts hören. Leo seufzt. Warum können sie nicht auch ein richtiges Badezimmer haben? Eins mit Fliesen und Tapete, Heizung und Plüschteppich? Bei Johan im Bad ist immer alles kuschlig, warm und sauber. Da gibt es nicht mal Staubfussel.

Bei ihnen im Schloss dagegen wimmelt es nur so von Fliegen, Mücken, Kellerasseln und Spinnen, besonders auf den Klos. Natürlich machen ihre Eltern die drei Badezimmer sauber und sie sehen auch wunderschön aus, alt und groß, mit wallenden Vorhängen vor den riesigen Fenstern. Ihre Mutter hat die Wände zweifarbig angestrichen und in einem Bad die Zierleiste mit Blattgold beklebt. In dem Bad auf Leos Etage steht eine gusseiserne Wanne mit Löwenfüßen und überall hängen Bilder und Kristalllüster mit Kerzen. Auf den ersten Blick sieht alles wunderbar romantisch aus, aber in den Stofffalten der Vorhänge, den brüchigen Fliesen und den kalten Ecken versammelt sich alles, was mindestens sechs Beine hat.

Und nun sitzt eine Zebraspringspinne auf dem Klopapier. Wenn ihr dieses fette Vieh jetzt auf den Schoß springt, stirbt sie an Herzschlag und fällt in die Toilette.

Leo pustet auf das Papier, um die Spinne in die andere Richtung zu treiben. Aber die Spinne stemmt sich nur gegen den Luftzug, glotzt Leo mit ihren acht Augen an und macht keinerlei Anstalten zu verschwinden. Na prima, dann wird Leo diesen Ferientag eben auf dem Klo verbringen.

Sie steht auf und zieht schon mal an der Kette für die Spülung. Mit einem Satz verschwindet die Spinne in der Klopapierrolle. Vorsichtig wickelt Leo Papier ab. Die Spinne bleibt zum Glück in der Rolle.

Leo wäscht sich schnell die Hände und stürmt in ihr Zimmer, schnappt sich das Telefon und ruft Flora an.

»Weißt du was Neues über Konrad und Amanda?«

»Nö«, sagt Flora. »Ich hab bei uns im Gewächshaus nachgesehen. Da sind sie auch nicht.«

»Aber sie können doch nicht ewig im Wald wohnen!«

»Johan meint, vielleicht sind sie im alten Försterhaus, hinter dem See. Eric hat doch heute in der Pause erzählt, er ginge da immer hin, ein bisschen durch die Gegend ballern, mit der Knarre von seinem Alten.«

»Glaubst du das etwa?«

»Sein Vater hat mit der Knarre ja schon Vögel abgeschossen. Das hat Johan gesehen.«

»Dass der Vater eine Knarre hat, weiß ich«, sagt Leonie, »aber wenn Eric wüsste, dass Konni sich im Försterhaus versteckt, würde er doch nicht überall rumposaunen, dass er da zum Schießen hingeht.«

»Bei Eric weiß man nie.«

»Ich glaube nicht, dass Konni dort mit seiner kleinen Schwester wohnt. Das Haus ist doch völlig eingefallen.«

»Wollen wir nachschauen gehen?«, schlägt Flora vor. »Und vielleicht kriegen wir ja bis dahin noch was raus. Vielleicht weiß Johans Opa was. Das ist doch der absolute Tratschkopf. Der weiß immer, was im Dorf passiert.«

»Okay, ich ruf Johan gleich mal an und frag ihn«, sagt Leonie.

Mit Flora verabredet sie sich für den späteren Nachmittag. Vor vier kann Flora nicht, sie muss ihrer Mutter helfen, Kräuter zu bündeln, für den Markt.

Leonie geht durchs Schloss. Eine Maus huscht ihr über den Weg. Schade, dass sie keine Katzen haben können, Papa ist allergisch gegen Tierhaare. Leo muss an den dicken Kasimir denken. Hoffentlich geht es ihm besser!

Mama malt und Papa ist im Turmzimmer. Leo holt sich ein Stück Quiche aus der Küche und isst es in ihrem Zimmer. Dann legt sie sich aufs Sofa und schaut hinaus.

Wie das wohl ist, wenn man nicht nach Hause kann? Wenn man in Ställen oder alten Häusern übernachten muss.

Wie es da wohl von Tieren wimmelt? Nicht nur von Insekten und Mäusen, sondern auch von Mardern, Eidechsen und Wildschweinen. Überall raschelt, knackt und grunzt es. Leo hat oft genug mit Papa am See gezeltet, sie weiß, was nachts im Wald los ist. Und wie froh sie war, dass sie wenigstens ein Zelt über dem Kopf hatte.

Sie nimmt das Telefon und wählt Johans Nummer. Es klingelt und klingelt. Johan hat eine eigene Telefonnummer mit Anrufbeantworter. Der springt aber nicht an. Also muss er in der Nähe sein. Vielleicht sitzt er auf dem Klo. Bei Johan gibt es sogar Zeitschriften auf der Toilette, und man kann so lange darin herumblättern, bis man einen Brillenabdruck am Hintern hat.

»Ja?!«, sagt eine gehetzte Stimme.

»Na, hab ich dich vom Klo geholt?«

»Nee. Ich war mit meinem Opa draußen, Schuhe putzen.«

»Tja, was sein muss, muss sein.« Leo kichert.

»Das habe ich doch nur gemacht, um ihn auszuhorchen.«

»Und?«

»Nichts, leider.«

»Aber die Schuhe sind wieder schön sauber? – Und, hast du dir schon Gedanken gemacht, wie es nun mit unserer Pfingstschule weitergehen soll?« Leo will einfach ein bisschen quatschen, sie fühlt sich immer so einsam, wenn sie aus der Schule kommt und ihre Eltern nicht antrifft, obwohl sie im Schloss sind.

»Mann, ich hab die ganze Zeit Schuhe geputzt, da kann ich nicht nachdenken!«

»Ach ja, stimmt!«, sagt sie wie Flora. »Männer können ja nicht zwei Sachen auf einmal machen.«

»Haha! Wenn du stänkern willst, lege ich auf.«

»Ach Johan, kannst du nicht ein bisschen früher kommen?«

»Mal sehen. Vielleicht bin ich schon so um halb vier bei dir.«

Um kurz nach drei steht Flora vor der Tür. Sie hat das grün-gestreifte T-Shirt an, das Leo am schönsten findet. Es passt so gut zu ihren rotbraunen Haaren. Floras Mutter hat sie früher gehen lassen.

Sie setzen sich in die Küche. Mama hat Erdbeertorte gebacken und den Kuchen über die Platte hinaus mit Erdbeeren verziert. Nun liegt, rund um die Torte und auf dem Tisch, ein Meer von Erdbeeren. Als Johan kommt, steht Veronika gerade auf einem Stuhl und fotografiert ihr Kunstwerk von oben.

»Kann man das auch essen, Mama, oder hast du das nur für irgendwelche Fotos gemacht?«

»Einen kleinen Moment noch, Leolein! Natürlich ist das nicht nur zum Angucken!« Sie schießt noch ein paar Fotos. Dann holt sie die Sahne. »Und wenn du das nächste Mal aus der Schule kommst und wir hören dich nicht, dann komm bitte zu uns«, sagt Mama im Plural, obwohl Papa noch in seinem Arbeitszimmer ist.

»Also ich würde gern mal nach Hause kommen, ohne dass mein Opa was merkt«, sagt Johan.

Mama lächelt und küsst Leo in den Nacken.

»Hm, lecker, Erdbeerkuchen!« Leo schaufelt sich ein großes Stück mit viel Sahne in den Mund. »Wann ist eigentlich die nächste Malstunde, Mama?«

»Morgen, um drei.«

»Sollen wir uns dann wieder um die Kleinen kümmern, wenn die keine Lust mehr haben?«

»Also, ich hoffe ja, dass sie nicht wieder so schnell die Lust verlieren wie letztes Mal. Du konntest stundenlang malen, als du klein warst, Leolein.«

»Ja, ich! Kein Wunder bei der Mutter!« Leo kneift ihre Mutter in die Seite.

Papa kommt in die Küche und freut sich über den Kuchen. Die Kinder trinken noch schnell ein Glas Zitronenlimonade und jagen sich gegenseitig die große Freitreppe hinunter, einmal quer durchs Foyer, über die Sitzecke, um die riesigen Töpfe mit den Palmen herum, springen abwechselnd über den kleinen Hocker mit der Tageszeitung und rennen nach draußen.

An der Badestelle verstecken sie die Räder im Gestrüpp. Hintereinander schleichen sie sich durch die Büsche, den schmalen Pfad entlang, vorbei am Steg. Dort ist es still, niemand badet. Flora geht vorneweg. Sie hat nicht nur die besten Ohren, sie kann auch Spuren lesen. Aber es sind keine Spuren zu sehen, außer die von Rehen und Ameisen. Jedes Mal, wenn sie stehen bleiben und lauschen, wird Johan von Mücken gestochen. Flora pflückt Spitzwegerich und drückt ihm den frischen Pflanzensaft auf die Stiche, damit sie erst gar nicht anfangen zu jucken.

Das alte Försterhaus steht auf einer Lichtung, neben einem

Birkenhain. Ein paar Zaunlatten hängen kreuz und quer; die meisten sind morsch und längst abgefallen. Im Dach ein riesiges Loch. Überall liegen Dachziegel herum, zerbrochen und mit Moos überwachsen.

»Da geh ich nicht rein«, sagt Johan. Die Fensterläden hängen schräg in den Angeln und die Fenster sind scheibenlose, dunkle Löcher, von Efeu überwuchert.

»Sieht aus wie hungrige Mäuler, die Spinat essen«, sagt Leo. Irgendwo knarrt etwas. »Vielleicht spukt es hier ja auch.«

»Seid doch mal still!« Flora schaut seitlich am Haus vorbei, zu den Ställen. Dann ein Schuss! Johan wirft sich sofort bäuchlings auf den Boden und hält sich die Hände an den Kopf.

Leo muss lachen. Johan liegt da, als erwarte er eine Bombe, die neben ihm einschlägt. Dann sehen sie Eric. Er schießt tatsächlich, mit einem Luftgewehr. Im Baum sitzt eine einarmige Puppe. Darauf hat er gezielt.

Er ist nicht allein. Gregor ist bei ihm. Er will auch mal schießen, aber Eric lässt ihn nicht. Erst will er der Puppe den Kopf abschießen. Er dreht sich um und sieht Leo, Flora und Johan um die Hausecke kommen.

»Was macht ihr denn hier?«

»Nichts«, sagt Leo. »Und du?«

»Siehste doch!« Eric klemmt sich das Gewehr unter den Arm, nimmt sich eine Zigarette aus der Schachtel und zündet sie an.

Gregor will auch eine. Er macht Eric wirklich alles nach.

»Schießen ist cooler als Malen«, sagt Eric. »Deshalb komm

ich nicht mehr. Aber das muss meine Alte nicht wissen.« Er fuchtelt mit dem Gewehr herum. »Ist das klar?«

Leonie macht unwillkürlich einen Schritt zurück.

»Seid ihr beiden ganz allein hier?«, fragt Flora.

»Klar, wer soll sonst noch hier sein, etwa Bruce Willis?« Eric lacht.

»Keine Ahnung, vielleicht noch ein paar von deinen Kumpels, die auch gern mal schießen würden.«

»Wir laufen keinem hinterher«, sagt Eric und spuckt auf den Boden.

»Wir schießen allein«, sagt Gregor und spuckt auch auf den Boden.

»Und jetzt verschwindet lieber! Das hier ist nichts für Mädchen«, sagt Eric. Dabei schaut er Johan herausfordernd an.

Johan sagt: »Und deine Mutter weiß von nichts?«

»Genau!«, sagt Eric. »Und wenn du ihr was sagst, dann kriegst du noch mal was auf die Nuss.«

»Das war ungeschickt«, sagt Leonie auf dem Rückweg. »Du hättest nicht von seiner Mutter anfangen sollen.«

»Ach ja?«, sagt Johan. »Ich kann doch nicht immer meine Klappe halten.«

»Hört auf, euch wegen diesem Idioten zu streiten«, sagt Flora. »Ist ja ekelhaft, dass der auf Puppen schießt. Was machen wir jetzt?«

»Also, ich würd ganz gern zum Teich. Mal schauen, ob unser Floß noch in Sicherheit ist«, schlägt Johan vor.

Leo und Flora sind einverstanden.

Sie gehen durch den Wald. Mücken tanzen. Eine dicke Wolke schiebt sich über die Sonne. Es sieht nach einem Gewitter aus. Die Vögel hören auch schon auf zu zwitschern.

Kaum sind die Freunde aus dem Wald, fängt es an zu donnern.

Leo meint, das Gewitter sei noch weit entfernt. »Das schaffen wir locker bis zum Teich.«

»Und dann können wir zu mir gehen«, sagt Flora.

Aber kaum sind sie an der Schule, fängt es an zu pladdern. Sturm kommt auf und es wird stockduster. Dann blitzt es und gleich danach kracht ein Donner über sie hinweg.

Leo schreckt zusammen. »Auf keinen Fall zum Teich! Unter den Bäumen ist es zu gefährlich!«

Sie drücken sich an die Hauswand der Schule, aber der Regen peitscht auf sie ein.

»Schaut mal, da ist ein Kellerfenster offen!« Flora zeigt auf die Luke. »Lasst uns da reinklettern.«

Johan klettert zuerst, dann folgen Flora und Leo. Im Keller stehen Regale, Kisten und Schneeschieber. Die Kellertür ist zum Glück nicht abgeschlossen. Sie gehen die Treppe hoch. Draußen wütet das Gewitter, es stürmt und donnert. Regen prasselt gegen die Fenster. Die Blitze lassen die ausgestopften Vögel im Treppenhaus aufflackern und wie echt aussehen. Es ist, als würde sich der Bussard gleich auf Leo stürzen. Leo hat Herzklopfen. Sie gehen dicht nebeneinander, an dem Wildschwein vorbei, und biegen langsam um die Ecke.

Da blitzt und knallt es, als hätte es ganz nah eingeschlagen. Leo schreit auf und noch jemand schreit auf. Ein kleines Mädchen klammert sich an ein Reh. Und gegenüber aus der

Tür kommt Konrad. Er läuft zu dem Mädchen und will es auf den Arm nehmen, aber es schreit und klammert sich fest an den Rehhals. Konrad hockt sich neben sie. Leo, Flora und Johan stehen ihnen gegenüber. Keiner sagt was.

Als es noch mal so heftig blitzt und donnert, schnappt sich Konrad die Kleine und läuft mit ihr in den Musikraum. Leo, Flora und Johan hinterher. Sie bleiben an der Tür stehen. Konrad und das Mädchen setzen sich auf das Sofa in der Ecke. Neben dem Sofa liegt eine von Leos Luftmatratzen.

»Was macht ihr hier?«, sagt Konrad. Er hat einen knallroten Kopf. Seine Stimme ist zittrig. »Haut ab! Lasst uns in Ruhe!«

»Und was machst du hier?«, fragt Leonie leise.

»Das geht euch einen Dreck an!«

»Hast du ein Kind entführt?«, sagt Flora.

»Das ist meine Schwester!« Konrad guckt wie ein Hund, der einen gleich beißen will.

»Amanda?«, fragt Leo. Das Mädchen versteckt sein Gesicht an Konrads Schulter.

»Verpisst euch!«, bellt Konrad.

»Wir wollen dir doch gar nichts tun.« Leo geht einen Schritt auf ihn zu. Sie weiß, dass Hunde, die laut bellen, nicht beißen. »Ihr wart bei uns im Stall. Und am See haben wir euch auch gesehen.«

»Aber dass du hier in der Schule bist«, sagt Johan, »darauf wäre ich nie gekommen. In drei Tagen sind die Ferien vorbei. Gehst du dann wieder nach Hause mit deiner Schwester?«

»Und wieso hast du unsere Luftmatratzen geklaut?«

Konrad streichelt Amanda über den Rücken.

»Ich wollte sie nicht klauen«, sagt er. Seine Stimme ist jetzt ganz weich und leise. »Nur borgen.«

»Und du?«, sagt Flora zu der Kleinen. »Vermisst du deine Mama nicht?«

Da fängt Amanda an zu weinen. Konrad tröstet und küsst sie, nimmt sie und wiegt sie in seinen Armen.

Leo schaut Flora und Johan an. Die beiden sehen so belämmert aus, wie Leo sich fühlt.

Dreizehntes Kapitel,

in dem jemand etwas wiedergutmachen will
und man Schlagsahne mit Punkten isst

Leo, Flora und Johan sitzen auf den Tischen im Musikraum. Amanda hat sich aufs Sofa gelegt, den Kopf auf Konrads Schoß. Er streicht eine Haarsträhne aus ihrem Gesicht. In ihren verschnittenen Haaren sind noch ein paar Kletten. Da hat Flora also recht gehabt. Konrad sagt nichts mehr. Er sieht müde und verwahrlost aus, fertig mit der Welt.

»Seit wann bist du denn schon unterwegs?«, fragt Leo.

Konrad zuckt schlaff die Schultern.

»Warum bist du eigentlich mit deiner Schwester abgehauen?«

Konrad beugt sich hinunter und vergräbt seinen Kopf im Haar seiner Schwester. Er sieht völlig hilflos aus. Gar nicht der Konni, den sie kennen. Hoffentlich fängt er nicht auch noch an zu weinen.

»Ach, lass ihn doch mal in Ruhe, Leo«, sagt Flora.

Leonie hat die ganze Zeit auf ihn eingeredet. Jetzt holt sie tief Luft. Das Gewitter ist weitergezogen. Es regnet noch, aber es blitzt nicht mehr. Donnergrollen nur noch aus der Ferne.

Konrad kippt seitlich aufs Sofa und fängt an zu schluchzen. Jetzt haben sie den Salat! Sein Körper bebt, es schüttelt ihn und er stößt kleine, schreckliche Schluchzer aus. Amanda klettert vom Sofa und hockt sich vor ihn hin, legt ihre kleine Hand auf seine verheulte Wange und tröstet ihren großen Bruder.

Es ist nicht mit anzusehen. Leo beißt sich auf die Lippe. Flora hat auch schon ganz feuchte Augen.

»So geht es doch nicht weiter!«, sagt Johan plötzlich sehr barsch. »Lasst uns lieber überlegen, was wir jetzt tun.«

Konrad wischt sich mit den Händen übers Gesicht. Das hinterlässt Schmutzstreifen auf seinen Wangen. Er richtet sich auf. »Was heißt denn ›wir‹?«, fragt er zaghaft.

»›Wir‹ heißt: wir alle«, sagt Leonie.

Der Regen hat nachgelassen. Es ist wieder heller. Vögel zwitschern. In der Ferne ruft ein Kuckuck. Es riecht nach frischem Rasen.

»Am besten, ihr kommt jetzt erst mal zu uns und nehmt ein heißes Bad«, sagt Leo. »Und dann besprechen wir, wie es weitergehen soll.«

»'tschuldigung«, sagt Konrad leise und schaut Johan an. »Ich weiß auch nicht, aber es hat mir schon leidgetan, gleich nachdem.« Konrad fängt wieder an zu schluchzen.

Johan rührt sich nicht. Nach einer Weile sagt er:

»Ist okay. Du hast ja nicht zugeschlagen, sonst würde ich dir jetzt eine dröhnen, und zwar richtig voll in die Fresse!«

Leo erschrickt über Johans Heftigkeit. Er ist sonst überhaupt kein aggressiver Typ. Aber auch kein Feigling. Konrad tropfen die Tränen vom Kinn.

»Nun fall mal nicht vom Sofa vor lauter Heulerei!«, sagt Johan.

Der Spruch hätte von seinem Opa sein können. Leo merkt, wie Johan es genießt, auch mal so einen Spruch ablassen zu können. Konrad beißt sich auf die Zähne. Er zittert. Leo hat noch nie jemanden so fertig gesehen. Und so dreckig! Das ist kein Spieldreck, sondern eingefressener Dreck, vom tagelangen Herumvagabundieren.

»Meine Mutter ist mit den Zwillingen in die Stadt gezogen«, sagt Konrad. »Desiree hat sie auch mitgenommen. Und Michelle.«

»Michelle?«, fragt Leo.

»Unser neues Baby.«

»Ich wusste gar nicht, dass ihr noch ein Baby habt?«

»Du weißt vieles nicht«, knurrt Konrad.

»Erzähl weiter«, sagt Johan.

»Mich wollte meine Mutter nicht mitnehmen. Ich soll bei meinem Alten bleiben. Jemand muss sich ja um ihn kümmern, hat sie gesagt. Sonst fällt der wirklich mal die Kellertreppe runter.« Konrad wischt sich wieder mit dem Handrücken durchs Gesicht. »Um Amanda kümmert sie sich auch nicht mehr, seitdem das Baby da ist. So war das damals auch mit den Zwillingen, als die klein waren. Wenn das nächste Baby da ist, will sie mit den anderen nichts mehr zu tun haben.«

Amanda starrt in den Raum wie eine Puppe.

»Amanda will bei mir bleiben. Wir wollen beide nicht in die Stadt.« Konrad holt tief Luft. »Auf meine großen Brüder kannste dich auch nicht verlassen. Die sind bei der Bundeswehr und haben ihr eigenes Ding am Laufen. Die kommen und gehen, da steigt keiner durch.«

»Ehrlich gesagt, steige ich durch deine Geschichte auch nicht durch«, sagt Johan.

»Musst du ja auch gar nicht!«, ruft da jemand.

Es ist das erste Mal, dass Amanda etwas gesagt hat.

Leonie schlägt Konrad und Amanda vor, mit ins Schloss zu kommen. Amanda kriegt leuchtende Augen bei dem Wort »Schloss«. Konrad braucht ganz schön lange, bis er endlich einwilligt. Leo verspricht hoch und heilig, ihren Eltern nichts zu sagen. Sie muss sogar schwören.

»Wir haben so viele leer stehende Zimmer, wo nie jemand reingeht, ihr braucht wirklich keine Angst zu haben. Für die nächsten Tage seid ihr sicher.«

»Und warum macht ihr das alles?«, fragt Konrad.

»Aus purer Nächstenliebe«, sagt Johan und grinst. »Na ja, nicht ganz. Wenn du hier bei deinem Vater bleiben könntest, mit Amanda, dann würdest du ja auch auf der Schule bleiben, oder?«

Konrad nickt wieder.

»Und Amanda würde doch bestimmt hier in die Schule gehen?«

Konrad zuckt die Schultern und sieht Amanda an. Amanda schaut zu Boden.

»Mit anderen redet sie nicht«, sagt Konrad. »Nur mit mir.«

»Stimmt ja gar nicht«, sagt Leo. »Mit uns hat sie auch geredet.«

»Hab ich nicht«, sagt Amanda in einem Ton, als würde sie ihr eine lange Nase zeigen.

Leo zwinkert Flora und Johan zu, als wollte sie sagen: »Na warte, das kriegen wir auch noch hin.«

Ausgerechnet jetzt putzt Mama Fenster! Sie putzt sonst nie Fenster, nur wenn man wirklich nicht mehr hindurchschauen kann; und dann drängt sie Papa so lange, bis er sich an die Fenster macht. Leo sieht Mama schon von Weitem, wie sie halb aus dem Küchenfenster hängt und mit kräftigen Bewegungen hin und her wischt.

»Mist«, sagt Leo. »Wir müssen hintenrum.«

Sie umwandern das Schloss und kommen bei den Stallungen wieder heraus.

»Hier kennt ihr euch ja schon aus«, sagt Leo. »Am besten, ihr geht in den Pferdestall, und ich checke erst mal, ob die Luft rein ist. Aber wir müssen den Riegel vorschieben, sonst steht mein Vater gleich hier unten.«

»Ich hab Hunger«, sagt Amanda. Ihre Hände sind dreckig und das Gesicht verschmiert.

»Ich bring dir was mit«, sagt Leo. »Erdbeertorte.«

Mama hört Leo nicht kommen und fällt fast aus dem Fenster, als sie plötzlich vor ihr steht. »Mensch, hast du mich erschreckt!«

Sie fasst sich ans Herz und holt tief Luft. Dann putzt sie weiter.

»Mir ist gar nicht aufgefallen, dass die Fenster schon wieder so dreckig sind«, sagt Leo.

»Hier fällt ja niemandem etwas auf«, sagt Mama.

Bei Leonie klingeln die Alarmglocken. So ein Ton und so

viel Schwung beim Putzen und dann noch die Fenster – dem muss ein Streit mit Papa vorausgegangen sein. Und sie kann sich auch denken, worum es ging. Entweder um die notwendigen Erledigungen im Haushalt, wie Einkaufen, Kochen oder Saubermachen, oder um Geld. Ihre Eltern streiten sich regelmäßig deswegen. Es ist immer wieder dasselbe. Erst werden sie wütend und schreien sich an. Diese Phase, so scheint es, haben sie diesmal schon hinter sich. Meistens endet es damit, dass sie wie die beleidigten Leberwürste in ihr Arbeitszimmer laufen und die Türen hinter sich zuknallen. Papa sitzt jetzt bestimmt schon wieder in seinem Turm. Aber warum putzt Mama Fenster?

Leonie hat im Moment keine Zeit, sich um die Streitereien der Eltern zu kümmern. Sie muss nur aufpassen, dass sie nicht auch noch was abkriegt.

»Flora und Johan sind da. Wir gehen in mein Zimmer. Ich nehm nur ein bisschen was zu essen mit«, sagt Leo.

»Wir essen bald Abendbrot«, brummt Mama.

»Ja, aber bis dahin halten wir es nicht mehr aus. Ist noch Torte da?«

»Ja, ja. Stopft euch nur mit Torte voll! Dann brauch ich ja gar nicht mehr zu kochen.«

»Ach Mama, ich ess heute Abend ganz sicher noch was!«

Leo nimmt die restliche Torte mit, kippt die Sahne gleich obendrauf und klemmt sich unter den einen Arm eine Tüte Apfelsaft, unter den anderen ein paar Becher. Auf dem Flur begegnet sie Papa.

»Hallo, Leolein«, sagt er so fröhlich wie möglich, aber sie hört auch seiner Stimme an, dass es geknallt hat.

Dass ihre Eltern sich auch ausgerechnet jetzt streiten müssen! Hauptsache, sie bleiben in der Küche und laufen nicht im ganzen Schloss umher. Wie soll sie sonst die Kinder nach oben, in eins der leer stehenden Zimmer, schleusen?

Vielleicht ist der Dachboden besser. Da ist schon seit Jahren keiner mehr hochgegangen.

Die Kinder schleichen durch das Schloss. Leo vorneweg mit der Torte. Johan trägt den Apfelsaft. Flora die Becher. Amanda schaut die riesigen Bilder an, die überall hängen. Nach einer nackten, blauen Frau verrenken Konrad und sie die Hälse. Aus der Küche dringen laute Stimmen. Wie peinlich Eltern manchmal sein können!

Amanda drückt sich ganz dicht an ihren Bruder.

Vor einer großen Holztür bleibt Leonie stehen. Hoffentlich ist die jetzt nicht abgeschlossen! Leonie hat keine Ahnung, wo der Schlüssel dafür ist. Mit einem lauten Knarren öffnet sie sich. Die Kinder huschen auf den Dachboden; Leo zieht schnell die Tür wieder zu.

»Pscht!«, sagt sie. »Erst mal lauschen, ob uns auch keiner gehört hat.«

Alles ist still. Milchig fällt die Sonne durch die Dachfenster und der Staub tanzt in den Strahlen. Spinnweben hängen von den Balken. Überall Bananenkisten, Schränke, aufgerollte Teppiche und jede Menge Tüten.

In der Ecke ein riesiges Messingbett, mit Plastikplane abgedeckt.

»Das ist der Krempel von meiner Urgroßmutter«, sagt Leo. »Ich kann mich leider nicht mehr an sie erinnern. Sie ist vor fünf Jahren gestorben. Sie war Strickerin und hat supertolle Pullis gestrickt, auf Taille.«

»Wollen wir hier jetzt über Mode quatschen?«, fragt Flora. Ihre Streifenpullis sind immer weit und schlabberig, und ihr ist es auch egal, wie das aussieht, Hauptsache, die Klamotten sind bequem.

Johan macht ein Fenster auf.

»Bisschen frische Luft reinlassen«, sagt er. »Und könntest du einen Besen holen, dann kann Flora die Spinnweben wegmachen.«

»Wieso ich?«

»Weil du dich vor Spinnweben nicht ekelst.«

»Ich ekle mich auch nicht vor Spinnweben«, sagt Konrad. »Wo ist der Besen?«

»Hier!«, ruft Johan und wuschelt sich durch die Haare.

»Okay, okay, ich nenn dich nie wieder Besen – oder Schrubber«, sagt Konrad.

Johan winkt ab. »Das hat mich nie gestört. Ich wusste immer, das ist nur der Neid der Besitzlosen. Besser Besen als Bürste!«, sagt er und grinst. Leo sieht ihm an, wie stolz er auf sein Wortspiel ist.

»Die eigenen Scherze sind doch immer die besten, was?« Flora stupst ihm mit dem Ellenbogen in die Seite. Sie stellt die Torte auf einem Karton ab.

Leo holt Besen, Kehrblech und Handfeger. Sie schütten den Dreck aus dem Fenster und schauen hinterher, wie er sich im Wind zerstreut und wegfliegt. Sie rollen die Teppiche aus und ziehen die Plane vom Bett. Die Tüten verstauen sie in den Schränken.

»Sieht doch schon ganz gemütlich aus«, sagt Leo. Amanda hopst auf dem Bett herum.

»Ich mach das wieder gut«, sagt Konrad plötzlich und streckt Johan die Hand entgegen.

»Mach lieber das Bett«, sagt Johan und nimmt die Hand.

»Guck mal, die Jungs vertragen sich.« Flora strahlt über das ganze Gesicht.

Leo seufzt. »Wenn meine Eltern doch auch so weit wären. Wenn die sich streiten, dauert das Tage, manchmal sogar Wochen, bis sie wieder normal miteinander reden!«

»Aber sie verkloppen sich bestimmt nicht andauernd, oder?«, fragt Konrad.

»Natürlich nicht!« Leo ist empört. Beinahe hätte sie ihn gefragt, ob seine Eltern sich etwa schlagen, aber da fragt Flora schnell:

»Wo ist denn das Bettzeug?«

Langsam kommt Leo ins Schleudern. Wo soll sie nun Bettzeug herholen? Und Decken kann sie auch nicht einfach aus den Zimmern nehmen. Am besten, sie essen erst mal die Torte.

Die Sahne hat kleine, dunkle Sprenkel. Beim Saubermachen haben sie ganz schön viel Staub aufgewirbelt.

Sie essen die Torte mit den Händen und schlecken sich die staubige Sahne von den Fingern.

»Dreck reinigt den Magen«, sagt Konrad.

»Lecker!«, sagt Flora. »Süße Sahne mit Punkten. Obwohl, gestreift fände ich sie noch besser.«

Später findet Leo Bettbezüge in einem der Schränke, sogar gebügelt und gestärkt. Sie riechen nach Mottenkugeln und lassen sich kaum auseinanderfalten. Konrad kommt auf die Idee, die Wollreste einzupacken.

»Dann haben wir einen schön warmen Bettsack.«

Sie stopfen die Bezüge halb voll mit Wollknäueln. So kann man sich die Füllung zurechtschütteln. In die Kopfkissenbezüge stecken sie kleine Sofakissen, die auch noch im Schrank waren.

»Gemütlich!«, sagt Amanda und will gleich ins Bett. Zwischen den weißen, gestärkten Laken und Bezügen fällt erst mal auf, wie schmutzig sie ist, besonders ihre Füße.

»Das färbt schon nicht ab«, sagt Flora, die Barfußexpertin. »Fangt lieber gar nicht erst an zu schrubben.«

»Außerdem haben wir erst gestern noch im See gebadet«, sagt Konrad. »War saukalt!«

Amanda nickt.

An diesem Abend gehen Konrad und Amanda früh ins Bett. Es bleibt ihnen auch gar nichts anderes übrig. Noch mal rauszugehen wäre zu riskant.

Leonies Eltern rennen von einem Zimmer ins andere. Leonie weiß auch nicht, was das soll. Sie hofft nur, dass sich der Streit nicht zur großen Krise ausweitet. Die große Krise kommt einmal im Jahr und dann stellen ihre Eltern alles infrage: ob sie je genug Geld verdienen werden, um das Schloss renovieren zu können, ob es überhaupt richtig war, das Schloss gekauft zu haben, und ob das Geld, das sie verdienen, für die nächsten Jahre zum Leben reichen werde. Vielleicht sei doch alles eine Nummer zu groß für sie und es wäre besser, in die Stadt zu ziehen.

An diesem Punkt hat Leo sonst immer dazwischengerufen: »Ich will aber nicht in die Stadt!«

Jetzt hält sie lieber den Mund, denn sie weiß, wenn die Eltern kurz vor der Krise sind, sollte sie lieber eine Flasche Wein aus dem Keller holen und ihnen ein paar Knabbersachen spendieren. Dann werden sie sich schon wieder einkriegen.

Hoffentlich gehen sie bloß nicht auf den Dachboden!

Vierzehntes Kapitel,

in dem manche Hoffnung enttäuscht wird,
aber mit Puderzucker alles anders aussieht

Konni und Amanda sind nun schon seit zwei Nächten im Schloss. Tagsüber ziehen sie sich in den Wald zurück. Leo, Flora und Johan bringen ihnen Brote und Bücher auf den Dachboden.

Aber heute sagt Konrad, er hätte noch nie ein Buch gelesen und er wolle mit so einem Mädchenkram auch gar nicht erst anfangen.

»Dann lies wenigstens deiner kleinen Schwester was vor, damit die nicht auch verblödet«, sagt Flora.

»Was soll das denn heißen? Denkst du etwa, ich bin verblödet?« Konrad kriegt einen knallroten Kopf.

»Wie würdest du das denn nennen, wenn man sich so benimmt wie du?« Floras Augen funkeln.

Johan versucht zu vermitteln. »Flora meint doch nur, dass Lesen eine gute Vorbeugung ist …«

»Stimmt«, sagt Leonie. »Lesen schadet der Dummheit.« Sie hat eine Plastiktüte, wo das draufsteht.

»Dann müsst ihr ja von morgens bis abends lesen«, fährt Konrad sie an.

Flora holt gerade Luft, da schneidet Johan ihr das Wort ab: »Wollen wir uns jetzt wieder streiten, oder was?«

Einen Moment ist es ganz ruhig im Raum. Sie können sogar die Holzwürmer in den Balken nagen hören.

»Nö«, sagt Flora dann.

Auch Konrad macht ein »Nö«-Gesicht.

Leo legt ihnen die Bücher aufs Bett. »Und was ich noch sagen wollte: Geraucht wird hier nicht. Gespuckt auch nicht. Klar?«

Sie sieht, wie Konrad mit sich kämpft, er ist kurz davor, aufzuspringen und wegzurennen. Aber er bleibt.

Die Pfingstferien sind fast zu Ende. Heute Nachmittag ist die letzte Schulfit-Stunde für Vorschulkinder. Amanda ist auch dabei, aber sie hat die ganze Zeit noch kein Wort gesagt. Leo hat sie heimlich in ihr Zimmer geschmuggelt und Nicole, Max und Sven aus der Malstunde gelotst. Die anderen Kinder kannten Amanda nicht, weil Amanda nicht in den Kindergarten geht.

Ihre Eltern haben angeblich kein Geld für den Kindergarten, hat Konrad erklärt, als Leonie mal wissen wollte, warum. Er sei der Letzte in der Familie gewesen, bei dem man sich noch den Kindergarten leisten konnte. Diese Zeiten seien vorbei.

»Du redest wie mein Opa«, hat Johan gesagt. »Und seit wann kann man sich keinen Kindergarten leisten? Ihr kriegt doch *Hartz IV*.«

»Hä? Wenn man dieses *Hartz IV* kriegt, dann hat man doch nicht genug Geld«, sagt Flora.

»Das ist so eine Art Arbeitslosenhilfe«, sagt Leo. »Dann hat man ganz wenig Geld im Monat, aber man bekommt die

Miete für die Wohnung bezahlt. Und für den Kindergarten muss man bestimmt nichts bezahlen, oder nur kaum was.«

Konrad zuckt nur die Schultern. »Ich steig da nicht durch, wie das bei uns läuft. Ich glaube, meine Alten leben vom Kindergeld.«

In der letzten Schulfit-Stunde schreiben sie Buchstaben nach. Nicole kann schon ihren Namen schreiben und Max malt O's mit Ohren. Sven ist wieder mit dem Trecker da. Amanda sitzt regungslos auf dem Sofa und schaut sich das alles an, besonders Sven, wie er spuckesprühend durch die Gegend brummt. Leo, Flora und Johan sind strenger geworden und hoffen, dass die Kleinen dadurch schneller lernen, denn es bleibt ja nicht mehr viel Zeit. Aber als die Bestechungsschokolade aufgegessen ist, wollen alle wieder zurück in die Malstunde.

»Malstunde ist zu Ende!«, sagt Leo. »Ihr müsst jetzt nach Hause.«

»Aber vorher wiederholen wir noch ein paar Aufgaben«, sagt Johan. »Wie viel sind vier und vier?«

»Fünf«, sagt Max.

Johan fasst sich an den Kopf. »Das darf ja wohl nicht wahr sein! Das haben wir doch die ganze Zeit geübt!«

Als die drei Freunde später mit Amanda auf den Dachboden zurückkommen, sind sie sehr erschöpft.

»Und?«, sagt Konrad. »Ist alles gut gegangen?«

Amanda hüpft ihm auf den Arm. »Ja«, sagt sie. »Ich will auch in die Schule, wo die schönen Rehe sind!«

Die Schule fängt wieder an und Frau Langemann begrüßt alle Schüler in der Aula. Sie hat in den Pfingstferien jede Menge Unterschriften gesammelt, sogar im Einkaufszentrum an der B1 und auf dem Parkplatz. Die Protestbriefe hat sie schön sauber abgetippt und an die Lokalzeitung gemailt. Und es war auch schon ein Artikel in der Zeitung. Als Überschrift stand ein Satz von Leo und Flora: *»Kurze Wege für kurze Beine«*.

In dem Artikel stand auch, dass diese Woche noch der Schulrat in die Schule kommt und alle Kinder, Eltern und Großeltern eingeladen sind.

Ein Mädchen aus der ersten Klasse geht zu Frau Langemann und gibt ihr noch zwei Unterschriften.

»Von meiner Oma und meinem Opa aus Berlin«, sagt sie.

Der Zettel ist mit Blumen verziert. Frau Langemann knuddelt die Kleine und hält den Zettel hoch, damit alle sehen können, wie schön die Unterschriften umrankt sind.

Die Direktorin ist sehr gerührt.

»Und wie geht es deinem Kater?«, fragt das Mädchen.

»Dem geht es wieder gut.«

»Zum Glück«, sagt das Mädchen und hüpft auf ihren Platz zurück.

Ansonsten geht in der Schule alles drunter und drüber. Die Lehrer sind nervös. Frau Langemann hat immer irgendwelche Zettel in der Hand, wenn man ihr begegnet. Auf dem Flur spricht sie Leonie an, sie möchte doch mal bitte mit in ihr Büro kommen.

Leonie denkt schon, sie hätte etwas ausgefressen. Hat sie

ja auch, immerhin hilft sie mit, zwei Kinder zu verstecken. Aber davon kann Frau Langemann ja nichts wissen. »Würdest du bitte diesen Brief deinem Vater geben?« Frau Langemann reicht ihr einen Umschlag.

»Es ist eine Bitte, ob er sich nicht an überregionale Zeitungen wenden könnte. Als Schriftsteller hat er doch Einfluss. Und es wäre schön, wenn die restliche Welt auch mal erfährt, wie es um unsere kleinen Dorfschulen steht. Wir sind ja kein Einzelfall.«

Leonie nimmt den Brief. »Wie viele Kinder fehlen denn jetzt eigentlich?«, fragt sie.

»Definitiv zwei Kinder für die erste Klasse«, sagt Frau Langemann. »Und das wird auch unser Stolperstein sein.« Eigentlich müssten es mindestens 16 Kinder für die erste und zweite Klasse sein. Unsere Sondergenehmigung erlaubt uns, 15 Kinder zu haben, wovon mindestens acht neue Kinder eingeschult werden müssen. Ich habe aber nur sechs Anmeldungen für die erste Klasse.«

»Vielleicht werden ja noch welche angemeldet«, sagt Flora, die jetzt neben ihnen steht.

»Ich fürchte, dass das leider nicht der Fall sein wird. Die Anmeldefrist ist längst abgelaufen. Ach Kinder, es sieht so schlecht aus. Unsere dritte und vierte Klasse ist auch haarscharf an der Grenze, weil ja die Köhler-Zwillinge, die in die dritte kämen, auch nicht mehr da sind. Und die 5/6 liegt mit einem Schüler unter der Mindestzahl, seitdem Konrad nicht mehr da ist.«

»Konrad?« Leonie merkt, wie ihre Ohren heiß werden.

»Konrad ist bei seiner Mutter«, sagt Frau Langemann.

»Ich habe mit Herrn Köhler gesprochen. Er sagt, dass Konrad und seine kleine Schwester Amanda jetzt in der Stadt bleiben. Das tut ihm bestimmt nicht gut, da geht so einer wie Konrad doch unter.«

Frau Langemann schaut Leonie besorgt an. Fast hätte Leo der Direktorin erzählt, wo Konrad wirklich ist.

Für die große Pause haben sich die drei Freunde am Schulteich verabredet. Sie setzen sich auf einen umgefallenen Baumstamm. Johan wirft Steinchen ins Wasser. Sie ploppen durch die grüne Entengrütze, als würden sie verschluckt.

»Wie kriegen wir eigentlich unser Floß wieder?«, fragt Johan. »Noch einmal möchte ich nicht durch diese Soße waten.«

»Wir könnten unsere Luftmatratzen nehmen und zur Insel paddeln«, sagt Leo.

Es kommt nicht gerade eine allgemeine Begeisterung auf.

Johan wirft wieder einen Stein ins Wasser. Flora guckt auf ihre nackten Füße und wackelt mit dem großen Zeh. Sie ist mal wieder barfuß und hat ihre Sandalen im Klassenzimmer unter dem Tisch gelassen.

»Irgendwie ist das doch nicht in Ordnung«, sagt sie. »Dass wir alles verstecken müssen. Erst unser Floß, dann Konrad und Amanda. Das kann doch nicht so weitergehen. Amanda vermisst bestimmt ihre Mama.«

»Ich weiß auch nicht, wie das weitergehen soll«, sagt Leonie. »Aber jetzt müssen wir erst mal eine Lösung für die Schule finden.« Sie wirft auch einen Stein ins Wasser. »Am besten, wir gehen noch heute Nachmittag zu den Eltern der

Kleinen aus unserem Schulfit-Kurs und bitten sie, ihre Kinder ein Jahr früher einzuschulen.«

»Meinst du, das machen die?«, fragt Johan.

»Warum nicht? Also, lasst uns mal überlegen. – Sven kommt nicht infrage. Der wird bestimmt nicht früher eingeschult, eher später. Aber Max und Nicole? Und dann haben wir ja immer noch Amanda. Wenn Frau Langemann sieht, dass sie spricht und ganz normal ist, dann könnte sie doch auch schon in die Schule.«

»Sie spricht aber nicht. Und das ist nicht normal«, sagt Flora. »Deshalb kommt sie ja auf eine Förderschule.«

In der Ferne ruft der Kuckuck. Seit Tagen ist er nun schon zu hören. Wie kann man nur so lange immer dasselbe rufen?

»Außerdem weiß keiner, dass Amanda hier ist«, sagt Leo. »Herr Köhler denkt, sie ist in der Stadt, mit ihrer Mutter. Und ihre Mutter denkt, sie ist mit Konrad beim Vater. Wenn das auffliegt, holt Frau Köhler sie bestimmt ganz schnell ab. Und das war's dann.«

»Aber Konrad hat doch gesagt, seine Mutter würde sich nicht um Amanda kümmern«, sagt Flora.

»Das kann ich mir nicht vorstellen«, meint Leo. »Dass eine Mutter sich nicht um ihre Kinder kümmert.« Sie wirft noch einen Stein ins Wasser. »Obwohl, meine Mutter kümmert sich auch nicht um mich. Sie ist immer am Malen.«

»Natürlich kümmert sie sich um dich!«, sagt Flora. »Sie gibt dir zu essen, und sie schmust mit dir und kauft dir, was du haben willst.«

»Schön wär's.« Leo verdreht die Augen. »Na ja, aber wenn

sie außer mir noch sieben oder acht Kinder hätte, würde sie sich nicht mehr um mich kümmern. Wahrscheinlich würde sie dann durchdrehen.«

»Ich würde auch durchdrehen, wenn ich so viele Kinder hätte«, sagt Johan.

»Dann muss man eben sehen, dass man nicht so viele Kinder kriegt«, sagt Flo. »Ich will später höchstens ein Kind haben. Allerhöchstens zwei.«

»Wofür gibt es denn Gummibärchen?«, sagt Johan und grinst.

Die Mädchen kichern. Leo weiß, dass Johan das Plakat mit dem Gummibärchen aus Kondomen meint. Die Werbung gegen Aids hängt unten im Dorf, an der Bushaltestelle.

Die drei werfen jeder noch ein Steinchen ins Wasser. Dann müssen sie los, zurück in die Schule.

Sie haben ausgemacht, gleich nach der Schule zu den Eltern von Nicole und von Max zu gehen. In Heimatkunde solle sich jeder von ihnen überlegen, wie sie die Eltern am besten überzeugen könnten.

»Leolein, hier spielt die Musik!«, sagt Frau Söhnlein und lächelt sie an. Leo wird rot. So dürfen nur ihre Eltern sie nennen! Und verdammt noch mal, was hat sie denn nun gerade gesagt? Irgendwas von Gesteinsschichten.

Leo kann sich nur schwach erinnern. Martin meldet sich, wird aber nicht drangenommen. Frau Söhnlein fragt Chris. Zum Glück hat Chris auch nicht aufgepasst. Frau Söhnlein wiederholt und Leonie darf es dann noch mal für alle erklären. Puh!

Nach der Schule gehen die drei Freunde erst mal in die Bäckerei und kaufen für jeden einen Berliner. Mit Puderzucker auf der Zunge sieht doch alles gleich ganz anders aus.

Nur leider erledigt sich nichts von selbst. Und Leo hat überhaupt keine Lust, jetzt irgendwelche Eltern vollzuquatschen. Am liebsten würde sie sich auf ihr Sofa fläzen und lesen – mal an was anderes denken und das Puderzucker-Gefühl noch eine Weile lang auskosten. Aber da muss sie jetzt durch.

»Du klingelst und stellst dich erst mal vor«, sagt Leo zu Johan. Sie haben beschlossen, dass Johan anfangen soll mit Reden, schließlich wird er andauernd von den Lehrern für seinen Charme und seine Freundlichkeit gelobt.

»Und kämm dich vorher«, sagt Leo.

Johan nimmt seinen Kamm, biegt ihn um und lässt ihn gegen Leos Arm flutschen.

»Aua! Das hat wehgetan!«

»Sollte es auch!«

Dann stehen sie vor der Tür von Max.

Frau Schlüter macht auf. Sie hat aber nicht viel Zeit, weil sie den nächsten Bus in die Stadt nehmen muss. Johan stottert nur herum.

»Wofür sammelt ihr denn?«, fragt Frau Schlüter.

»Wir sammeln nicht direkt«, sagt Johan. »Wir, äh …«

»Wir wollen, dass unsere Schule erhalten bleibt«, sagt Leo. »Und deshalb wollten wir mal fragen, ob Sie Max nicht schon dieses Jahr einschulen können.«

»Max?«, sagt Frau Schlüter. »Unseren Max?«

Alle drei nicken. Frau Schlüter runzelt die Stirn.

»Der ersten Klasse fehlen zwei Kinder. Wenn wir zwei Kinder finden, bleibt die Schule bestehen.«

»Ach du meine Güte«, sagt Frau Schlüter. »Das hört sich ja dramatisch an. Aber Max wird von Anfang an in der Stadt zur Schule gehen. Wir haben ihn schon angemeldet. Sein Cousin ist auch da. Und jetzt muss ich wirklich los, Kinder. Tut mir leid.«

Als Nächstes versuchen sie es bei Nicole. Aber dort ist niemand zu Hause.

Niedergeschlagen gehen die Freunde durchs Dorf. Leonie kickt einen Stein in den Rinnstein. »So ein Mist! Dann können wir die Schule vergessen!«

Fünfzehntes Kapitel,

in dem Leonie kein bisschen eifersüchtig ist
und man Kinder nicht an den Ohren ziehen darf

Zu Hause wartet bereits eine Überraschung auf Leonie. In der Küche sitzen Konrad und Amanda zusammen mit Mama und Papa am Tisch. Leo springt der Mund auf und ihr Rucksack fällt zu Boden.

Konrad und Amanda sehen fröhlich aus. Leo kommt es vor, als hätte sie gerade eine glückliche Familie beim Essen angetroffen. Es riecht nach Kartoffelpuffer und auf dem Tisch steht noch eine Schüssel mit Apfelmus.

»Wir wissen über alles Bescheid«, sagt Papa. »Wir haben auch schon Frau Köhler angerufen.«

»Deine Eltern helfen uns«, sagt Konrad.

»Schön«, sagt Leo. Was sollte sie sonst sagen?

»Nun wasch dir mal die Hände, Leolein, und dann besprechen wir alles in Ruhe«, sagt Mama. – Jetzt muss sie auch noch vor allen Leuten *Leolein* sagen! Wenigstens sieht es so aus, als hätte sie sich wieder mit Papa vertragen.

Mama steht auf und geht zu Leo, nimmt sie in den Arm und gibt ihr auch noch einen Kuss auf die Wange. Das muss ja nun wirklich nicht sein. Andererseits ist es gut zu wissen, dass Mama und Papa nicht böse auf sie sind. Aber die beiden wirken unsicher. Sonst müsste sie sich jetzt nicht die Hände waschen. Ihre Eltern schicken sie immer erst mal Hände waschen, wenn sie ein Problem haben und nicht wissen, wie sie anfangen sollen.

Also geht Leonie Hände waschen. Dabei kann sie sich auch ein wenig von dem Schock erholen.

Als sie zurückkommt, setzt sie sich zu den anderen an den Küchentisch und fragt: »Wo seid ihr euch denn begegnet?«

»Im Badezimmer«, sagt Mama.

»Da wohnt eine Spinne in der Klopapierrolle«, sagt Amanda.

Leo stutzt. Das war der längste Satz, den sie je von Amanda gehört hat.

»Amanda ist aus dem Bad gerannt, direkt in meine Arme.« Mama lächelt Amanda an. »Und dann hat es nur noch ein kleines Weilchen gedauert, bis wir herausgefunden haben, was los ist.«

»Vielleicht können wir hier im Schloss bleiben«, sagt Konrad. Er strahlt. So fröhlich hat Leo ihn noch nie erlebt.

»Also, wir haben uns gedacht«, sagt Papa. »Wenn Amanda und Konrad nicht mit in die Stadt gehen möchten …«

»Sagt bloß, ihr wollt sie adoptieren?«, platzt es aus Leonie heraus.

»Quatsch«, sagt Konrad.

Papa fährt fort: »Wir dachten, wir könnten uns ein bisschen um sie kümmern, jedenfalls so lange, bis ihr Vater wieder auf den Beinen ist. Wir haben nämlich auch schon mit Herrn Köhler gesprochen. Der wäre sehr froh. Übrigens ist er jetzt in ärztlicher Behandlung wegen seiner Alkoholkrankheit. Er würde sich sehr freuen, wenn Amanda und Konrad bei ihm blieben. Sonst würde er alle Kinder auf einmal verlieren.«

»Und was sagt deine Mutter dazu?« Leo guckt Konrad an.

»Die findet das gut. Ich sag doch, die ist froh, wenn sie sich um zwei Blagen weniger kümmern muss.«

Leonie schaut Amanda an. Bestimmt fängt sie jetzt an zu weinen. Aber Amanda verzieht keine Miene, im Gegenteil, sie lächelt sogar.

»Wir könnten den beiden ein Gästezimmer im Schloss einrichten«, sagt Papa. »Im Nordflügel, wo das Klavier steht. Da ist es doch sehr schön.«

»Und das Klavier?«, fragt Leo.

Papa legt seine Hand auf ihre. Sie dreht ihre Hand um und hält Papa fest. Das fühlt sich gut an! Soll bloß keiner denken, sie wäre eifersüchtig!

Trotzdem, sie weiß nicht so recht, was sie von der Sache halten soll. Einerseits wäre es wunderbar, wenn mehr Leben ins Schloss käme. Von ihr aus könnten noch viele Kinder einziehen. Andererseits müssten es ja nicht gerade Konrad und Amanda sein. Am liebsten hätte sie natürlich Flora und Johan im Haus. Und wenn Konrad und Amanda hier wohnen würden, was wäre dann mit Eric und den anderen? ämen die dann etwa vorbei? Darauf hat sie überhaupt keinen Bock! Konni sagt allerdings, er hätte sich schon von Eric abgeseilt, bevor er mit Amanda stiften gegangen ist.

Eric war zum Glück nur einmal in der Malschule und ist dann nie wiedergekommen. Wahrscheinlich denkt seine Mutter, er hätte die ganzen Pfingstferien über gemalt. Sonst hätte sich Frau Haase bestimmt schon bei Mama gemeldet. Wenn die wüsste, dass ihr toller Sohn im alten Forsthaus auf Puppen schießt!

Leo würde gern mal ihre Eltern alleine sprechen. Eigentlich hätten sie Leo ja auch erst mal fragen können, ob sie überhaupt damit einverstanden ist, dass Konrad und Amanda ins Schloss ziehen. Mama hat Amanda sogar schon die Haare von allen Kletten befreit und sie einigermaßen schön geschnitten. Jetzt könne man wieder richtig gut durchkämmen, hat Amanda stolz gesagt. Ihr gefällt auch der neue Haarschnitt.

Leo isst vier Kartoffelpfannekuchen und trinkt einen halben Liter kalte Milch dazu. Danach ist sie so vollgefuttert, dass sie es gerade noch bis in ihr Zimmer schafft.

Jetzt ist Mama mit Amanda am Malen und Papa richtet mit Konrad das Zimmer im Nordflügel ein. Sie holen Schränke, Teppiche und das Messingbett vom Dachboden. Leo hört sie ab und zu durchs Schloss poltern, aber sie ist viel zu satt und zu faul, um mitzuhelfen. Das hat Papa nun davon! Wenn man sich fremde Kinder ins Haus holt, muss man sich auch um sie kümmern!

Sie ruft erst Flora und dann Johan an. Beide können es nicht glauben. Sie wollen sofort vorbeikommen.

»Dann hätten wir deine Eltern ja gleich einweihen können«, sagt Johan, »und uns das Aufräumen auf dem Dachboden gespart!«

Am nächsten Tag hat Mama Köhlers ins Schloss bestellt, damit sie in Ruhe über die neue Situation reden können. Vorher gibt es noch mal Kartoffelpuffer zu Mittag, weil Amanda und Konrad einfach nicht genug davon kriegen können.

»Kein Wunder, wenn man sich wochenlang nur von Fisch und Beeren ernährt«, sagt Mama. Sie steht sogar mit Schürze am Herd!

»›Wochenlang‹ ist wohl ein bisschen übertrieben!«, knurrt Leo. »Hoffentlich müssen wir jetzt nicht andauernd Kartoffelpuffer essen.«

»Morgen gibt es Wiener Würstchen mit Kartoffelsalat«, sagt Konrad und strahlt.

Leo fällt fast die Gabel aus der Hand. Da haben sie also auch schon einen Essensplan erstellt, ohne sie zu fragen! Das geht ja wohl wirklich ein bisschen zu weit!

Leider ist wieder keine Zeit, um mal ein ernstes Wörtchen mit den Eltern zu reden. Um kurz vor vier kommen schon Köhlers.

Frau Köhler hat nur das Baby dabei, Michelle. Herr Köhler quält sich mühsam aus dem Auto und schlurft zum Schloss. Er trägt immer noch einen Kopfverband.

»Na, die können was erleben!«, schimpft Frau Köhler. »Denen zieh ich die Ohren lang!« Sie trägt die Babywippe wie einen Einkaufskorb und geht zwei Schritte voraus. Herr Köhler schlurft hinter ihr her.

Leo, Flora und Johan haben sich oben auf der Freitreppe versteckt. Weiter hinten drängt sich Amanda ganz dicht an Konrad. Leonie blinzelt über die Balustrade.

Unten macht Mama den Köhlers die Tür auf. Papa hat sich rasiert und eine frische Kapuzenjacke angezogen. Seine Haare sind noch nass. Köhlers sind alles andere als chic. Er mit seinem schmuddeligen Verband und einer ausgebeulten Trainingshose. Ihr fehlen Knöpfe an der Bluse. Ihr dunkelblauer Rock ist völlig verfleckt und die braunen Halbschuhe sind hinten platt getreten. Beide Köhlers sind aufgedunsen, sie erinnern Leo an diese Dinosaurier, die man 48 Stunden ins Wasser legt, damit sie wachsen.

Frau Köhler stellt die Babywippe ab und fängt gleich wieder an zu schimpfen.

»Nichts als Ärger machen diese Blagen! Und uns so hinters Licht zu führen! Zu mir hat Konni gesagt, er bleibt mit Amanda bei Udo.« Sie zeigt mit dem Kinn in Herr Köhlers Richtung. »Und zu Udo hat er gesagt, er wär mit ihr bei mir. Na, die können was erleben!«

»Nun setzen Sie sich doch erst mal«, sagt Papa. Sein Ton klingt gereizt.

Leonie drängt die anderen einen Schritt zurück, damit sie nicht von unten gesehen werden. Konrad hockt sich hin und Amanda zwängt ihren Kopf unter sein Kinn. Sie schaut genauso ängstlich wie in der Schule, als sie sie bei dem Gewitter gefunden haben.

Mama rückt für Herrn Köhler einen Stuhl zurecht und bietet beiden ein Glas Wasser an. Die Sitzecke im Foyer ist gleich neben der Treppe. Die Kinder oben müssen in Deckung bleiben und vor allem leise sein.

Herr Köhler guckt sich nach allen Seiten um, sieht sich die riesigen bemalten Leinwände an, auch die Palmen in den Töpfen vor dem Fenster, und seufzt. Frau Köhler sieht sich jetzt auch um. »Mann, war'n das noch Zeiten, als wir hier im Schloss geschwoft haben, wa, Udo?«

Udo nickt.

»In meiner Jugend gehörte das Schloss nämlich der Gemeinde«, sagt Frau Köhler. »Da hatten wir hier Jugendtreff und am Wochenende war immer Tanz.«

»Ja«, sagt Mama. »Davon habe ich gehört. Das muss toll gewesen sein.«

»Hier haben wir die ›Polonese Blankenese‹ getanzt, hier vorne«, sagt Frau Köhler. »Weißt du noch, Udo, bei Günter Sievert seine Verlobung.«

Udo nickt wieder.

Frau Köhler fängt an zu singen: »Jetzt geht's los, mit ganz großen Schritten, und Erwin fasst der Heidi von hinten an die … Schultern!« Frau Köhler lacht laut los. Das Lachen geht in einen Husten über.

»Mannomann, war'n das Zeiten!« Herr Köhler grinst breit. Ihm fehlen ein paar Zähne.

»Dann scheinen Sie ja eine schöne Jugend gehabt zu haben«, sagt Papa.

»Oh ja! Unsere Jugend war einwandfrei. Nich, Udo?«

Udo nickt. »Und wie!«

»Ich möchte nich mit der heutigen Jugend tauschen! Die ham se doch nich mehr alle, heutzutage.« Frau Köhler tippt sich mit dem Finger an die Schläfe. »Machen einem nüscht als Ärger! Wo sind die beiden überhaupt?« Sie versucht, sich über die Schulter zu blicken, muss ihren ganzen Körper dafür drehen.

»Die beiden kommen gleich«, hört Leo ihre Mutter sagen. »Vorher möchten wir aber gern noch einiges klären.« Auch Mamas Ton klingt gereizt.

»Ach, sagen Sie doch Helga zu mir«, sagt Frau Köhler. »Ich bin Helga und der da is Udo.«

»Ich möchte lieber beim ›Sie‹ bleiben«, sagt Mama.

Frau Köhler setzt sich aufrecht hin. »Wat is denn nu kaputt, sind wir hier bei die feinen Leute, oder was?«

Mama holt Luft. »Wir haben uns am Telefon schon darüber geeinigt, dass die Kinder nicht ausgeschimpft werden.«

»Und schon gar nicht an den Ohren gezogen!«, sagt Papa und lacht. »Wo gibt es so was noch?«

Leo beugt sich vorsichtig über das Treppengeländer, um zu sehen, wie Köhlers darauf reagieren. Helga und Udo hat es die Sprache verschlagen, sie gucken Papa entgeistert an.

Papa sagt: »Wenn Sie Ihre Kinder an den Ohren ziehen, ist es doch kein Wunder, wenn sie abhauen.«

»Na, hör'n Se mal!« Helga klatscht mit der Hand auf ihren Oberschenkel. »Sie reden ja wie eine Super-Nanny.«

»Ich rede wie ein ganz normaler Vater«, sagt Papa. Leo würde am liebsten nach unten laufen und Papa in den Arm nehmen. Sie ist mächtig stolz auf ihre Eltern, dass sie sich so ins Zeug legen.

Dann fängt das Baby an zu schreien. Frau Köhler erhebt sich ächzend, nimmt das Baby aus der Wippe und steckt ihm einen Finger in den Mund. Aber davon schreit das Baby noch mehr.

»Udo, hol mal die Flasche aus'm Auto.«

Herr Köhler will sich gerade erheben, da ruft Papa nach oben: »Leo, könntest du mal bitte kommen und die Flasche für das Baby aus dem Auto holen?«

Und dann poltern die Kinder die Treppe hinunter. Alle auf einmal. Das ganze Schloss vibriert. Zu fünft stehen sie vor den Erwachsenen. Als Amanda ihre Mutter sieht, streckt sie die Arme nach ihr aus und fängt an zu weinen.

»Is ja schon gut«, sagt Frau Köhler leise und legt das Baby wieder in die Wippe. Dann drückt sie Amanda fest an sich und klopft ihr auf den Rücken. »Was haste denn mit deine schöne lange Haare gemacht?«

Konrad nimmt das schreiende Baby auf den Arm und schaut von einem zum anderen.

»Nur dass das klar ist: Ich will auf keinen Fall in die Stadt«, sagt er mit zittriger Stimme. »Und Amanda auch nicht.«

Amanda hebt den Kopf und bestätigt laut: »Nein, ich auch nicht.«

»Huch, du sprichst ja!«, sagt Frau Köhler. Sie hält Amanda von sich und schaut sie an. »Mein Gott, das Kind kann ja sprechen!«

Frau Köhler bekommt feuchte Augen.

»Seit wann spricht die denn?«, schnieft sie und guckt Konrad an.

»Seitdem man mit ihr redet«, sagt Konrad ganz ruhig.

Sechzehntes Kapitel,

in dem Leo ein ernstes Wort mit ihren Eltern redet und jemand nicht zu Wort kommt

Die Blätter der Pappeln rascheln im Wind. Leo liegt auf dem Sofa in ihrem Schloss-Zimmer, das Fenster weit offen. Der Kuckuck ruft immer noch. Allmählich könnte er mal den Schnabel halten oder was anderes rufen. »Kuckuck, Kuckuck, Kuckuck«, ruft Leo durch die hohle Hand, manchmal kann man ihn damit anlocken.

Sonst ist es still im Schloss. Keine Musik, kein Bohlenknarren, keine Tür, die auf- und zugeht. Das ist auch mal ganz schön.

Überhaupt ist alles ganz schön im Moment. Heute Nacht hat sie bei Mama und Papa geschlafen und sich mit ihnen über Konrad und Amanda und überhaupt alles unterhalten. Das hat gutgetan. Besonders schön war es, dabei in Mamas Arm zu liegen und Papas Hand zu halten. Bevor sie eingeschlafen war, fühlte sie sich warm und satt.

Und jetzt beginnt in zwei Stunden die Schulversammlung.

Der Schulrat steht bestimmt schon vor dem Spiegel und bindet sich eine Krawatte um. Leo stellt sich den Schulrat sehr groß vor, mit grüner Krawatte und wenig Haaren auf dem Kopf. Ein strenger Mann, der entscheidet, ob die Schule bestehen bleibt oder geschlossen wird. Dabei hat Mama ihr erklärt, dass er das gar nicht allein entscheiden kann.

Leo hat sich für um sechs mit Flora und Johan verabredet, hinten am Schulteich. So langsam könnte man ja mal daran denken, das Floß zu bergen …

Konrad und Amanda sind gestern mit Köhlers mitgefahren. Sie wollten Familienangelegenheiten klären. Wie es aussieht, dürfen Konrad und Amanda bei ihrem Vater bleiben, haben aber im Schloss ein Zimmer; sie können also nach der Schule kommen und bis abends bleiben. Und am Wochenende auch mal übernachten. Köhlers sind Mama und Papa dafür sehr dankbar.

Außerdem hat Mama wegen einer Familienbetreuung herumtelefoniert, die nach Herrn Köhler und den beiden Kindern schaut. Dafür muss Frau Köhler einen Antrag stellen. Mama hat ihr alles aufgeschrieben. Hoffentlich verliert Frau Köhler den Zettel nicht. Sie ist ja sehr aufgewühlt gewesen, besonders als Konrad ihr vorgeworfen hat, dass sie nie mit Amanda geredet hätte.

»Wieso hat denn niemand mit Amanda gesprochen, keiner außer Konrad?«, hat Leo abends ihre Eltern gefragt.

Mama zuckte die Schultern und meinte: »Die Frau ist überlastet mit so vielen Kindern. Sie schafft das einfach nicht. Sie kann sich nur jeweils um das Kleinste kümmern. Die Zwillinge sind ja damals auch ganz verwahrlost, nachdem Amanda auf die Welt kam. Um Desiree und die Zwillinge kümmert sich jetzt die Schwester.«

Papa sagte: »In meinem Roman gibt es eine Familie, die überhaupt nicht miteinander spricht. Die Eltern sind mit sich beschäftigt und die größeren Kinder passen auf die kleineren Kinder auf. Weil die Größeren aber keine Lust haben, immer mit den Babys durch die Gegend zu laufen, legen sie sie vor dem Fernseher ab. So werden die Kleinen schon ganz früh zugebrabbelt und kommen nicht dazu, auch mal was zu sagen.«

»Was schreibst du denn für komische Romane?«, fragte Leonie und kuschelte sich an Papa.

Mama schmunzelte und gab ihm einen Kuss aufs Ohr. Papa wollte noch einen, aber diesmal einen auf den Mund.

»Und was ich noch sagen wollte«, sagte Leonie. »Nächstes Mal redet bitte erst mal mit mir darüber, bevor ihr euch neue Kinder ins Haus holt, okay?«

»Neue Kinder – wie sich das anhört!« Mama lachte.

Papa sagte: »Du hast sie doch selbst ins Schloss geholt, Leolein!«

Und dann haben sie sich gegenseitig gekitzelt und miteinander herumgerauft und schließlich ist Leonie erschöpft, aber glücklich eingeschlafen.

Jetzt schaut sie auf die Uhr. 20 vor sechs. Eigentlich könnte sie langsam losgehen. Sie steht auf, reckt sich, schließt das Fenster und geht über den langen Korridor, an Mamas Gemälden vorbei. Papa kommt gerade aus dem Badezimmer, frisch geduscht und rasiert.

»Na, so sauber warst du schon lange nicht mehr«, sagt Leo und lacht.

Papa versucht, ihr in den Hintern zu kneifen. Kreischend rennt sie vor ihm weg. Er hinterher. Leo ist schneller. Sie schwingt sich aufs Geländer der Freitreppe und rutscht hinunter. Von unten ruft sie: »Also, wir sehen uns gleich bei der Schulversammlung! Und seid bitte pünktlich!«

Als Leonie zum Teich kommt, ist noch niemand da. Sie setzt sich auf den umgekippten Baumstamm und wartet.

»Kuckuck, Kuckuck, Kuckuck!«

Leo steht auf und blickt sich um. Auch wenn es sich ziemlich echt anhört, ist klar, dass das nicht der Kuckuck ist. Es ist Johan.

»Sehr witzig!«, sagt Leo.

Johan und Flora springen hinter einem Gebüsch hervor.

»Hey!«, ruft Flora und lacht. Die beiden waren also früher da und haben sich bloß versteckt.

»Du hast ja schon einen richtigen Schnabel«, sagt Leo zu Johan. »Soll ich dir ein paar Regenwürmer suchen?«

Sie setzen sich auf den Baumstamm und besprechen noch mal, was sie dem Schulrat nachher sagen wollen.

»Unsere Argumente gegen die Schulschließung hat er ja schriftlich: Kurze Wege für kurze Beine; kleinere Klassen; gesunde Umwelt im Grünen. Das wird er ja alles gelesen haben«, meint Leo. »Wir müssen ihm aber unbedingt noch sagen, dass wir unsere Schule lieben, mit all den ausgestopften Tieren und den gemütlichen Räumen und unseren tollen Lehrern.«

Johan seufzt. »Also, Frau Söhnlein finde ich ja todlangweilig!«

»In der Stadt hast du nur todlangweilige Lehrer!«, sagt Flora.

»Woher willst du das wissen?«

»Ach, nun hört doch auf«, sagt Leo. »Wir müssen uns auf das Wichtigste konzentrieren und uns einig sein. Und ob Frau Söhnlein nun langweilig ist oder nicht, darum geht es jetzt gar nicht.«

»Mann, du redest wie ein Professor!«, sagt Johan.

»Professorin«, verbessert ihn Flora.

Dann ist es erst mal still. Die drei schauen auf zwei Enten, die gerade ins Wasser watscheln und wegschwimmen.

»Wisst ihr, was richtig blöd ist?«, sagt Leo. »Dass wir Nicoles Eltern nicht mehr gesprochen haben. Vielleicht hätten wir sie überzeugen können, Nicole früher einzuschulen.«

»Ja. Blöd. Jetzt können wir kein einziges schulfittes Kind vorweisen«, meint Johan, zieht seinen Kamm aus der Tasche und kämmt sich.

»Wie du dich anhörst«, sagt Leo. »Wie der Herr Schulrat persönlich.« Sie zeigt auf Johans frisch frisierte Haare. »Und so siehst du auch aus!«

»Kennt den überhaupt jemand?«, fragt Flora.

Der Schulrat hat ein kleines grünes Auto und keine Krawatte. Seine Haare sind kurz und gegelt, an der linken Hand trägt er einen Ehering, der in der Abendsonne glitzert. Leonie, Flora und Johan beobachten ihn, wie er aussteigt und schon am Auto von Frau Langemann begrüßt wird.

»Das ist kein Ehering«, flüstert Johan. »Das ist ein Verlobungsring. Eheringe trägt man rechts.«

»Quatsch!«, flüstert Leo zurück. »Nur in Deutschland trägt man Eheringe rechts. Vielleicht ist er mit einer Ausländerin verheiratet. In Spanien oder Frankreich trägt man Eheringe links.«

Vor der Schule stehen viele Leute. Es sind vor allem Eltern und Kinder, und der Journalist mit den aufklappbaren Haaren ist auch schon da. Leider ist es heute nicht windig genug.

Er schießt ein paar Fotos von Erstklässlern vor den grünen Iglus.

Leo hält Ausschau nach ihren Eltern, findet sie aber nicht. Dafür stehen Köhlers ganz vorn, in der ersten Reihe. Frau Köhler ohne Baby und Herr Köhler mit Hut über dem Verband.

Floras Mama ist auch da. Sie trägt ein blaues Kleid mit gelben Sonnenblumen und ihre hennaroten Haare leuchten in der Abendsonne; neben ihr stehen Johans Eltern, Herr und Frau Sommerfeld. Sie sehen aus, als kämen sie direkt von der Arbeit, er im hellblauen Hemd, sie im dunkelgrauen Rock. Sie arbeiten beide bei der Stadtverwaltung, im Büro. Johans Opa ist auch da, sogar im Jackett!

Eric und seine Eltern stehen gleich neben der Treppe. Sein Vater hat genauso bürstenkurze Haare wie sein Sohn. Eric ist ihm wie aus dem Gesicht geschnitten. Nur ist sein Vater noch dicker. Er sieht aus wie zu stark aufgepumpt.

Am Rande des Schulhofs sitzen ein paar von den Arbeitslosen. Der Schubkarrenmann ist nicht dabei, der muss wohl Grasränder an der Straße schneiden. Sie haben Bierflaschen neben sich stehen und schauen sich den Trubel an.

Die Kinder, Eltern und Lehrer gehen nun in die Aula. Die Eltern bewundern die goldenen Stühle, wie jedes Mal, wenn sie in die Aula kommen. Auf der Bühne sind die Tische längs aneinandergereiht, darauf stehen Wasserflaschen und Gläser. In der Mitte eine Vase mit Pfingstrosen. Bestimmt aus dem Schulgarten.

Es dauert, bis alle sitzen und auf der Bühne jeder an seinem Platz ist. Leo, Flora und Johan haben sich Plätze in der ersten Reihe ergattert. Die Pfingstrosen duften bis hierher.

Leos Eltern kommen mal wieder als Letzte. Mama hat sich die Lippen orange angemalt und trägt eine Kette aus kleinen Plastikorangen auf einem schwarzen T-Shirt. Die Frauen drehen wie immer die Köpfe nach ihr um, und einige Männer auch. Sie winkt Leo zu und setzt sich mit Papa in die letzte Reihe, gleich neben der Tür. Frau Burzweiler schließt die Tür, aber da huscht noch Frau Mücke, Nicoles Mutter, in die Aula. Sie setzt sich neben Kupferbergs.

Frau Langemann klopft mit einem Stift gegen ein Glas. Langsam wird es ruhiger im Saal, einige husten noch, dann ist es still. Die Direktorin begrüßt alle sehr herzlich und stellt die Herren neben sich vor:

»Herr Becher, unser Bürgermeister, und Herr Oelschläger, unser Schulrat.«

»Was für Öl schlägt er denn? Motoröl oder Speiseöl?«, flüstert ein Junge hinter Leo und kichert.

»Pscht!«, macht jemand.

Frau Langemann nickt jedem zu. Die Herren nicken zurück. Dann liest die Direktorin die Argumentenliste vor.

Der Journalist schleicht sich durch die Reihen und macht Fotos. Es wird bestimmt eine halbe Stunde geredet, erst Frau

Langemann, dann der Bürgermeister, danach kommen mehrere Eltern zu Wort. – Dass Erwachsene immer so viel reden müssen!

Leo dreht sich um und schaut zu ihren Eltern. Papa gähnt. Mama stößt ihn mit dem Ellenbogen an. Neben ihnen meldet sich Frau Mücke zaghaft. Sieht das denn keiner?

Der Schulrat macht sich die ganze Zeit Notizen. Dann steht er auf und räuspert sich.

»Liebe Kinder, liebe Eltern, liebe Lehrer!«, sagt er und guckt in jede Richtung. »Ich bin ja ganz auf eurer Seite, aber ich bin nur einer von zehn Schulräten und habe nur eine einzige Stimme! Zuerst einmal muss ich die anderen neun Schulräte davon überzeugen, dass dies hier wirklich eine einzigartige Schule ist, eben eine Naturschule, mit grünen Iglus, Schulgarten, Feuchtbiotop – damit meine ich den Teich –, individuellen Unterrichtszeiten, ohne Klingel, mit übergreifenden Klassenstufen und kleinen Klassengrößen – wo gibt es das denn noch? So etwas muss uns doch unbedingt erhalten bleiben!«

»Und mit echten goldenen Stühlen!«, ruft ein Junge aus der ersten Klasse.

Tosender Applaus. Die Kinder johlen und trampeln sogar mit den Füßen. Der Schulrat bittet um Ruhe, räuspert sich und fährt fort:

»Die endgültige Entscheidung wird jedoch im Ministerium gefällt. Es ist also ein langer, steiniger Weg bis dorthin. Aber ich kann euch sagen, liebe Eltern, liebe Kinder, liebe Lehrer: Ich bin ganz auf eurer Seite!«

Wieder bricht ein Applaus los, der Saal tobt. Frau Langemann wischt sich eine Träne aus dem Augenwinkel. Die Sekretärin schnäuzt sich. Der Schulrat hebt die Hände, er ist noch nicht fertig.

»Wir müssen also versuchen, wieder eine Sondergenehmigung für die Schule zu erlangen, sodass die Zahl der Mindestschüler pro zusammengelegte Klassenstufe von 16 auf 15 reduziert wird.«

»Auf 13«, sagt Frau Langemann. »Uns fehlen definitiv zwei Kinder für die erste Klasse.«

»Auf 13 geht keinesfalls«, sagt der Schulrat und tupft sich mit dem Taschentuch über die schweißnasse Stirn. Er schüttelt den Kopf. »Das kann ich Ihnen gleich sagen.« Im Saal ist es mucksmäuschenstill und der Schulrat schüttelt immer noch den Kopf. »Mit 13 kommen wir nie durch!« Er sieht jetzt sehr erschöpft aus.

Leo schaut nach hinten, zu ihren Eltern. Warum sagt Papa denn nichts? Er hat doch so einen tollen Artikel für diese große Zeitung geschrieben. Aber er sagt nichts. Hoffentlich hat der Schulrat ihn gelesen. Da steht sogar drin, dass es Körperverletzung ist, die Kinder so früh aus dem Bett zu holen, wenn sie mit dem Bus in die Stadt fahren müssen!

Frau Mücke meldet sich wieder. Alle Köpfe drehen sich nach ihr um. Frau Mücke wird ganz rot.

»Was ich schon die ganze Zeit sagen wollte …«, sagt sie und räuspert sich genauso wie der Schulrat. »Ich dachte, ich könnte unsere Nicole vielleicht schon dieses Jahr einschulen.«

Langsam geht ein Gemurmel durch die Reihen. Einige verstehen nicht, was das jetzt soll.

Frau Mücke fährt fort: »Wenn ich richtig verstanden habe, fehlen die zwei Kinder in der neuen ersten Klasse.«

Frau Langemann nickt heftig.

»Und wenn ich Nicole jetzt schon einschule – sie will so gern in die Schule, sie macht mich in der letzten Zeit ganz verrückt damit! Also, wenn ich sie früher einschulen würde, dann könnten Sie doch versuchen, eine Sondergenehmigung für 14 Kinder beim Ministerium zu bekommen?«

»Jaaa!«, rufen ein paar kleinere Kinder, springen von ihren Sitzen hoch, umarmen sich gegenseitig und hüpfen auf der Stelle.

»Moment, Moment!«, sagt der Schulrat. »Wir dürfen uns nichts vormachen. Setzt euch bitte wieder hin, Kinder! Ich befürchte, unter 15 Kindern bekommen wir die Sondergenehmigung nicht durch. Es ist ja schon eine Sondergenehmigung! Und irgendwo hat eine Sondergenehmigung auch ihre Grenzen.«

Der Schulrat schaut in die Runde. Alles ist wieder still und traurig. Bei einer Beerdigung könnte die Stimmung nicht gedrückter sein.

Der Schulrat holt tief Luft. Mit letzter Kraft sagt er: »Aber ich werde wirklich alles tun, um diese wunderbare Schule aufrechtzuerhalten.«

Die Kinder klatschen wieder wie wild.

Leo schaut ihre Freunde an und lächelt siegessicher.

»Bei Nicole hat der Schulfit-Kurs also doch was genützt«, sagt sie stolz. »Sonst hätte sie ja ihre Mutter nicht so verrückt gemacht mit ihrem Wunsch, früher eingeschult zu werden!«

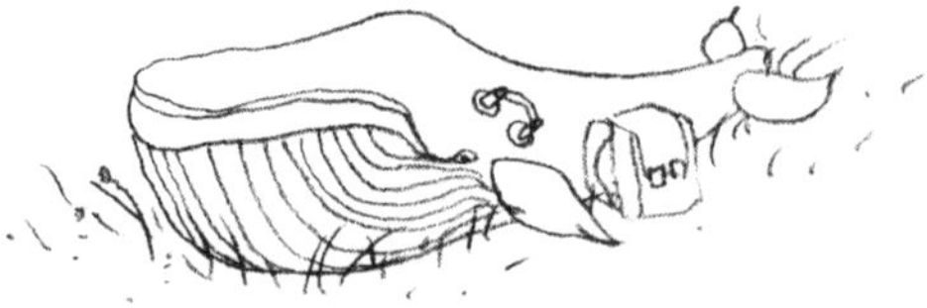

Siebzehntes Kapitel,

in dem die Sonne scheint und der Himmel blau ist
und es lauter gute Neuigkeiten gibt

Noch ist die Schlacht nicht gewonnen, auch wenn die Kinder schon kräftiges Siegesgebrüll von sich gegeben haben, nachdem nun sicher ist, dass Nicole im Dorf eingeschult wird. Jetzt fehlt nur noch ein einziges Kind.

So ein Mist aber auch, dass Max' Eltern sich einfach nicht überreden lassen! Leo, Flora und Johan haben es noch mal versucht.

Nein, sagten die Eltern, ihr Max werde in der Stadt zur Schule gehen. »Wir arbeiten in der Stadt, da können wir den Jungen morgens mitnehmen und nachmittags wieder abholen.«

Das klingt logisch und ist unanfechtbar. Leider. Jetzt liegt alles in den Händen des Schulrates, ob er es schaffen wird, eine Sondergenehmigung für 14 Kinder durchzuboxen. Leo ist ganz mulmig bei dem Gedanken. Jetzt können sie nur noch hoffen und die Daumen drücken. Blöde Situation!

Leonie geht ohne gedrückte Daumen gar nicht mehr aus dem Schloss, und als ihr einmal ein Schornsteinfeger über den Weg läuft, wünscht sie sich ganz fest, dass die Schule bestehen bleibt!

Die Tage ziehen sich hin. Eine Woche vergeht. Keine Nachricht vom Schulrat. Es vergeht noch mal eine halbe Woche. Immer noch keine Nachricht vom Schulrat.

»Beamte brauchen nun mal ihre Zeit, um etwas zu bearbeiten«, sagt Papa. »Und wenn sie heute mit Bearbeiten nicht fertig werden, dann machen sie eben morgen mit Bearbeiten weiter.«

Papa ist kurz vor Schluss mit seinem Roman und hat nicht viel geschlafen. Er sitzt am Küchentisch und schmiert für Leo ein Brot mit Appenzeller Käse. Dann schneidet er einen Apfel durch und legt die Hälften in ihre Schulbüchse. Dabei gähnt er.

»Ach Papa, geh doch wieder ins Bett. Ich kann mir die Brote auch selber schmieren.«

»Aber dann kann ich mit keinem über die Beamten schimpfen. Werd bloß nie Beamtin!« Er kratzt sich am Kopf. »Oder doch, werd es! Dann hast du ein regelmäßiges Einkommen, eine gute Rente und musst nicht jeden Monat bangen, ob du über die Runden kommst.« Papa gähnt schon wieder.

»Warum bist du dann nicht Beamter geworden?«

»Ich?« Papa sieht völlig überfordert aus. Genauso gut hätte Leo fragen können: Warum bist du nicht Elefant geworden?

»Sollen wir die Beamten mal anrufen und sie fragen, wann sie sich wegen der Schule entscheiden?«, schlägt sie vor.

»Um Gottes willen! Regel Nummer eins im Leben: Setze nie einen Beamten unter Druck!«

»Papa!« Leo hat jetzt echt die Nase voll. Frühmorgens sind Eltern wirklich nicht zu gebrauchen.

»… sondern bestich sie mit Schokolade«, sagt Papa und prustet los.

Das hat man nun davon, wenn man den Eltern Geheimnisse anvertraut. Dann wird man auch noch veräppelt. Sie packt ihr Pausenbrot ein und schwingt sich den Rucksack auf den Rücken.

Natürlich können sie die Beamten nicht bestechen. Jedenfalls bestimmt nicht mit Schokolade. Die Kinder fragen Frau Langemann, ob sie schon was gehört hat. Nein, hat sie auch nicht. Aber sie werde morgen mal im Ministerium anrufen.

»Kinder«, sagt sie. »Wir müssen Geduld haben.«

Geduld haben die Kinder aber nicht. Sie sitzen wie auf heißen Kohlen. Wenn der Schulrat nämlich keine neue Sondergenehmigung bekommt, dann ist endgültig Schluss mit der Dorfschule.

Nur Eric posaunt überall herum, er fände es gut, wenn die Schule dichtmacht. Er will sowieso lieber in die Stadt. Da sei doch viel mehr los.

Eines Nachmittags kommt Frau Haase ins Schloss und will von Mama wissen, wie sich ihr Sohn beim Malen gemacht hat.

Mama sagt, dass Eric nur das erste Mal da gewesen sei. »Tut mir leid, wenn Sie das jetzt erst von mir erfahren.«

Frau Haase sitzt am Küchentisch und stützt den Kopf in die Hände. »Ich weiß auch nicht, was wir mit dem Jungen noch machen sollen«, sagt sie. »Er ist so aggressiv in letzter Zeit. Hoffentlich bleibt die Schule bestehen, in der Stadt würde Eric bestimmt schlechtem Einfluss aufgesetzt sein.«

Leo räumt die Spülmaschine aus, nur damit sie einen Grund hat, in der Küche zu bleiben. Mama schlägt Frau Haase vor, doch mal zur Familienberatung zu gehen.

Aber Frau Haase sagt: »Ich geh doch nicht da hin, wo die Köhlers hingehen!«

Leo sieht, dass Mama gleich der Kragen platzt.

»Wissen Sie was, Frau Haase, Sie reden sich immer ein, Eric sei schlechtem Einfluss durch andere Kinder ausgesetzt. Ich glaube eher, dass er es ist, der schlechten Einfluss auf andere ausübt! Als Konrad Köhler noch mit ihm zusammen war, war er genauso aggressiv wie Eric. Dabei ist Konrad gar nicht so.«

»Mein Eric auch nicht«, sagt Frau Haase leise.

Aber Mama ist jetzt richtig in Fahrt: »Außerdem ist Eric viel zu dick! Dagegen muss doch was unternommen werden!«

Leonie traut sich nicht, mit den Tellern zu klappern. Frau Haase fängt an zu schluchzen. Im Nu rennen ihr schwarzlila Tränen über die Wangen und hinterlassen tiefe Furchen im Make-up. Dass Mama aber auch immer alle zum Weinen bringen muss!

»Leo, gib mir bitte mal eine Packung *Tempos* aus dem Schrank.« Mama reicht die Taschentücher an Frau Haase weiter. Frau Haase schnäuzt sich, Leo klappert extra laut mit dem Besteck beim Einräumen, weil weinende Menschen leicht ansteckend sind. Doch mit Frau Haase hat sie irgendwie kein Mitleid, schließlich ist sie immer auf der Seite von Eric. Und Eric hat immerhin Johan geschlagen und ihren Walfisch kaputt gemacht.

Als könnte Frau Haase Gedanken lesen, sagt sie, nachdem sie sich die Nase geputzt und sich die verschmierte Wimperntusche abgewischt hat: »Ich werde für die Schäden meines Sohnes aufkommen.«

Damit steht sie auf, gibt Mama die Hand, bedankt sich, bedankt sich auch bei Leonie – und Leonie wundert sich, weil es ja gar nichts zu bedanken gibt.

Mama bringt sie noch bis zum silbergrauen Cabriolet und wartet, bis sie abgerauscht ist. »Hoffentlich geht sie zu einer Beratungsstelle«, sagt sie.

»Wird Eric dann auf Diät gesetzt?«, fragt Leo und kann sich ein Kichern nicht verkneifen.

»Na, hoffentlich!«, sagt Mama und schaut Leo schräg von der Seite an. »Leonie! Du bist ja richtig schadenfroh!«

Am Wochenende kommen Konrad und Amanda. Sie dürfen das erste Mal in ihrem Schlosszimmer übernachten. Flora und Johan wollen auch über Nacht bleiben. Sie schlafen bei Leo im Zimmer. Flora mit Leo im Bett und Johan auf dem Sofa.

Amanda ist die ganze Zeit am Quasseln und am Singen und Konrad liegt auf dem Bett und liest alte *Lucky Luke*-Comics.

»Echte Bildungslücke, dass du *Lucky Luke* nicht kanntest«, sagt Johan.

Konrad reagiert nicht und liest weiter.

»Lasst ihn in Ruhe«, sagt Papa. »Der muss erst mal mit der neuen Situation klarkommen. Und ich finde, er macht das sehr gut.«

Konrad kriegt eine knallrote Birne von dem Lob und versteckt sich hinter dem Comicheft.

Seine Eltern haben inzwischen die Familie aufgeteilt. Unter der Woche sind Amanda und Konrad beim Vater. Am Wochenende kommt die Mutter mit den Zwillingen, Desiree und dem Baby ins Dorf. Außerdem haben sie jetzt Termine bei der Familienberatung.

In den nächsten Tagen wird es heiß. Der Himmel ist strahlend blau, die Luft flimmert. Die Kinder gehen nach der Schule gleich zum Badesee. Eigentlich wollten sie ja endlich ihr Floß holen, aber jetzt ist erst mal Baden wichtiger.

Johan hat einen blauen Daumennagel. Er hat mit seinem Opa die Garderobe repariert und sich dabei mit dem Hammer auf den Daumen gehauen. Er liegt auf dem Bauch und hält den Daumen in den See. Konrad und Amanda liegen mit Leo und Flora auf der Badedecke.

Es ist ganz schön viel los am See. Nicole, Max und noch ein paar Kleine tummeln sich in einer flachen Bucht. Drei von den Arbeitslosen sind auch da. Sogar die Schubkarre vom Schubkarrenmann, mit der sie die Bierkiste an den See transportiert haben. Die Männer liegen träge im Schatten und spielen mit zwei Frührentnern Karten. Zum Glück zeigt heute keiner seinen nackten Schwabbelbauch.

Plötzlich kommen Eric und Gregor durchs Gebüsch. Johan zieht seinen Daumen aus dem See.

»Ach, hier sind die Weicheier«, sagt Eric und Gregor lacht. Sie haben beide eine Zigarette in der Hand.

»Dein Vokabular hält sich ja sehr in Grenzen«, sagt

Leonie. Ihr ist nämlich aufgefallen, dass Eric in der Schule öfter mal im Vorbeigehen »Na du Weichei« zu Konrad gesagt hat.

Eric beachtet sie aber gar nicht, er hält Konrad die Zigarettenschachtel hin. Konni schüttelt den Kopf.

»Ey Alter, was ist denn mit dir passiert?«, sagt Eric. »Hast du etwa Angst, dass du dir in die Hose machst, oder was?«

Konni sagt nichts.

Eric provoziert weiter: »Könnte es sein, dass du jetzt lieber mit Mädchen spielst?«

»Lass ihn in Ruhe«, sagt plötzlich Johan.

»Du halt's Maul, Schrubber!«, zischt Eric. Er geht einen Schritt auf Johan zu.

Johan weicht nicht zurück. Leo hält die Luft an. Da sagt Johan in einem Ton, wie sie ihn noch nie von ihm gehört hat: »Verschwinde oder du stirbst ganz, ganz langsam!«

Flora und Leo platzen los vor Lachen. Damit ist die Luft raus. Eric versucht zu grinsen, was bleibt ihm anderes übrig, aber Leo sieht genau, dass er sich sehr, sehr unwohl fühlt. Jetzt fängt auch noch Amanda an zu lachen – und sogar Gregor!

Eric pufft ihm in die Seite. »Komm mit, Alter, hier ist nichts los. Lassen wir die Babys weiterkuscheln.«

»Ach, ich hab keine Lust«, sagt Gregor.

Das ist zu viel für Eric. Er schaut sich um und verschwindet dann. Allein. Jetzt hat er niemanden mehr.

Gregor geht auch, aber in die andere Richtung.

»Sieh einer an«, sagt Leo. »Der kleine Gregor hat also auch endlich den Absprung geschafft.«

»Du bist echt ein Held«, sagt Flora zu Johan.

»Weiß ich«, sagt Johan und grinst.

»Viel cooler als dieser hässliche alte Mann auf dem Filmplakat«, meint Flora.

»Bruce Willis«, sagt Leo. »Ja. Johan ist cool!«

Konrad ist ganz still.

Zwei Tage später kommt Frau Haase mit einem großen Paket ins Schloss. Sie will es nur abgeben, nicht reinkommen. Mama spricht ein paar Worte mit ihr unten an der Tür. Frau Haase blickt immer wieder auf die vertrocknete gelbe Primel im Hof – dann fährt sie weg.

Mama schleppt das Paket die Treppe hoch und bringt es in die Küche. Leo darf es aufmachen. Ein Schlauchboot! Ein riesiges, silber-gelbes Schlauchboot. Mit zwei zusammensteckbaren Paddeln. Leo zerrt es aus dem Karton und breitet es auf dem Küchenfußboden aus. Mama liest den Zettel vor, der mit im Paket lag: *»Entschädigung für den Walfisch – mit freundlichen Grüßen Heidi Haase«*. Dann meint sie: »Das ist ja nett – aber ein bisschen übertrieben.«

»Nö, finde ich nicht«, sagt Leo. »Das ist für Johans Lippe gleich mit.« Und jetzt muss sie Mama doch erzählen, dass Eric Johan verkloppt hat.

Papa stürmt in die Küche. »Kinder, mein Roman ist fertig! Ich hab's geschafft, und zwar mit einem superspannenden Ende! Wollt ihr mal hören?« Er stolpert über ein Paddel und fällt fast in die offene Spülmaschine.

»Später«, sagt Leo. »Hilf uns lieber, das Schlauchboot hier aufzupusten.«

»Pusten? – Oh nein!« Papa lässt sich auf einen Stuhl plumpsen.

Mama fängt an zu lachen. Sie kriegt sich gar nicht wieder ein. Leo schaut sie fragend an. Mama zeigt auf Papa.

»Was ist?«, fragt er.

»Du sitzt auf meinem Mal-Stuhl!«, sagt Mama.

Jetzt hat Papa orangefarbene Flecken am Hintern. Mama gibt ihm einen Kuss und gratuliert ihm zum neuen Roman. »Kannst mir das Ende heute Abend vorlesen, ja?«

»Okay«, sagt Papa und zeigt auf das Schlauchboot. »Dann gehe ich jetzt mal eine Pumpe kaufen für das neue Monster da. Leolein, kommst du mit?«

Sie fahren zum Baumarkt und kaufen auch gleich Flickzeug für den Wal. Dann will Papa unbedingt zum See, eine Runde paddeln. Leo freut sich, dass Papa endlich seinen Roman fertig hat. Jetzt kommt er raus aus seinem Turmzimmer und ist wieder zu gebrauchen.

Als sie gerade auf dem Weg zum See sind, kommen Konrad und Amanda angeradelt. Amanda auf dem Gepäckträger. Sie wollen mit zum See.

Am See quetschen sie sich zu viert ins Schlauchboot und kippen gleich um. Was für ein Gekreische und Gequieke! Bei der Hitze aber kein Problem. Die nassen Klamotten sind sogar angenehm auf der Haut. Amanda will gleich noch einmal kentern, aber dann doch lieber auf dem Walfisch sitzen. Den haben sie am Boot festgemacht, im Schlepptau.

Später schnallen sie das Boot und den Wal aufs Autodach und fahren zu *Angelo*, dem Italiener im Nachbardorf.

Konrad und Amanda waren noch nie auswärts essen. Sie sitzen da wie beim Zahnarzt, beide Hände fest um die Stuhllehnen geklammert, und gucken sich den italienischen Kellner an. Leo klebt der Rock an den Beinen und ihre Haare sind auch noch nass. Papa gibt Pizza und Cola aus und trinkt selber ein großes kaltes Bier. Konrad verschlingt die Pizza, obwohl sie noch heiß ist. Leo kann es gar nicht mit ansehen. Dem Jungen müsste man dringend Manieren beibringen.

»Auf meinen neuen Roman!«, sagt Papa und stößt mit Leo und den Köhler-Kindern an.

Ein bisschen komisch kommt es Leonie schon vor, jetzt hier mit Konrad und Amanda zu sitzen und nicht mit ihren Freunden. Aber Johan ist beim Reiten und Flora besucht mit ihrer Mutter eine Nachbarin, die im Krankenhaus liegt. Amanda will wissen, was Papa denn geschrieben hat. Papa ist froh, dass er endlich von seinem Roman erzählen kann, und erzählt fröhlich drauflos. Amanda staunt. Sie will schnell lesen lernen, damit sie den Roman selber lesen kann.

Papa ruft Mama an, dass es später werden könnte. Und ob sie vorbeikommen will?

»Ja«, sagt Mama so laut ins Telefon, dass alle am Tisch es hören können. »Ich komme mit dem Rad. Und ich hab eine Überraschung für euch!«

Mama hat ihr lila Sommerkleid angezogen und sich die Lippen auch lila gemalt. An den Händen hat sie noch gelbe Farbe.

»Ratet mal, was ich weiß!«

»Dass vier plus vier acht ist«, sagt Papa.

»Scherzkeks«, sagt Mama. »Na? Fällt euch denn gar nichts ein?«

Amanda schüttelt den Kopf.

»Nun sag schon!«, drängt Leo.

Mama schaut von einem zum anderen.

»Die Schule?«, fragt Leo.

»Ja. Die Schule. Es ist heute entschieden worden. Nicht ganz so, wie wir erwartet haben, aber immer noch besser als nichts.«

»Was denn?«, ruft Leonie und hört ihr Herz schneller schlagen.

»Also – die neue Sondergenehmigung ist erteilt worden. 15 Kinder müssen es pro Klasse sein – und nicht ein Kind weniger.«

»Aber dann reicht es doch nicht!«, ruft Leo. Sie schaut ihre Mutter wütend an. Warum tut die denn so fröhlich, bei so einer verheerenden Nachricht! Sie lächelt sogar! Ist sie verrückt?

»Stimmt«, sagt Mama. »Das reicht zwar nicht, aber eure Eltern«, sie schaut Amanda und Konrad an, »haben mit Frau Langemann beschlossen, dass Amanda doch eingeschult werden kann, als Integrationskind. Das heißt, die Lehrer werden sich ein bisschen mehr um Amanda kümmern. Was ja bei der Klassengröße kein Problem sein sollte.«

»Das ist ja super!« Leo springt auf und reißt die Arme in die Luft, als hätte jemand ein Tor geschossen.

»Auf die Schule!«, sagt Papa und will mit ihr anstoßen, aber sie versucht gerade, über Papas Handy Flora und Johan zu erreichen. Doch bei beiden meldet sich nur der Anrufbeantworter.

»Ruf mich so schnell wie möglich an! Es gibt Neuigkeiten«, hinterlässt Leo jeweils als Nachricht.

Alle im Dorf freuen sich. Die Schule ist gerettet! Es gibt kein anderes Thema mehr. Frau Langemann kündigt ein großes Schulfest an, das noch vor den Sommerferien stattfinden soll.

Ein paar Tage nach der guten Nachricht holen Leo, Flora und Johan ihr Floß von der Insel. Flora hat wieder ihr blauweiß gestreiftes Seemanns-T-Shirt an, dasselbe, das sie trug, als sie das Floß auf die Insel brachten.

Inzwischen haben sie Konrad ihr geheimes Versteck verraten.

»Da wären wir nie draufgekommen«, sagt er. »Cool.«

Sie fahren mit dem Schlauchboot über den Teich und müssen das Floß erst mal von Brennnesseln und Kletten befreien. Es ist auf der Insel festgewachsen und schon halb überwuchert. Schnecken haben sich an den Brettern festgesaugt.

Konrad fährt mit dem Schlauchboot wieder zurück. Leo, Flora und Johan klettern aufs Floß und paddeln ans Ufer. Dort hilft Konrad, es im Hopfengebüsch zu verstecken. Sicher ist sicher.

»Und in den großen Pausen seid ihr damit immer auf die Enteninsel gefahren?«

»So lange, bis wir von Idioten daran gehindert wurden«, sagt Flora und blickt Konrad eindringlich an. »Wehe, du verrätst das jemandem!«

»Natürlich nicht!«, sagt Konrad. »Darf ich dann auch mal mitfahren?«

»Kommt drauf an, was du zu essen mitbringst«, sagt Johan.

Schon am nächsten Tag kommt Konrad in der ersten großen Pause mit auf die Insel. Er hat eine Tüte Kartoffelchips dabei. Nicht schlecht!

Und nach den Ferien wird auch Amanda mitdürfen. Sie geht jetzt noch bis zu den Sommerferien in die Vorschule im Kindergarten. Die Familienberatung hat bestätigt, dass der Kindergarten für Köhlers, weil sie *Hartz-IV*-Empfänger sind, nur einen kleinen Mindestbeitrag kostet. Nach gutem Zuraten von Leonies Eltern haben es Amandas Eltern dann erlaubt.

Die Sonne scheint, der Himmel ist blau und in der Schule sind alle fröhlich. Frau Langemann hat noch eine gute Nachricht. Dazu bittet sie die Kinder in die Aula. So oft in so kurzer Zeit ist Leo noch nie in der Aula gewesen.

Eric kommt allein, setzt sich an den Rand, schubst keinen und tritt auch keinen vors Schienbein. Leo sieht, dass Gregor vorne in der zweiten Reihe sitzt und sich nicht mal nach Eric umschaut.

»Liebe Kinder«, sagt Frau Langemann. »Wir haben nicht nur gemeinsam geschafft, dass unsere Schule erhalten bleibt, ich konnte sogar erreichen, dass die Schule in den Sommerferien vier Wochen geöffnet ist und allen, die nicht in den Urlaub fahren, einen Ferienhort bietet. Es gibt verschiedene

Angebote: Pappmaschee-Figuren mit Frau Kupferberg, Kreatives Schreiben mit Herrn Kupferberg.«

Leo ist baff – davon haben Mama und Papa ja noch gar nichts erzählt!

Es finden noch mehr Kurse statt: Töpfern in Zusammenarbeit mit der Keramikwerkstatt aus dem Nachbardorf; Schreinern mit Floras Mutter; und Aerobic mit Nancy Zickuhr, dem schönsten Mädchen aus Lunow, das sogar einen Vorentscheid für *Germany's Next Topmodel* gewonnen hat. Leider ist sie dann schon beim nächsten Durchgang gescheitert.

»Und die Sparkasse hat uns Geld gesponsert für einen Ausflug ins Schiffshebewerk nach Finow.«

»Oh wie schade«, sagt ein kleiner Junge aus der Ersten. »Ich muss in den Ferien nach Mallorca.«

Die letzten Schultage vergehen schnell. Es ist immer noch heiß und Leo, Flora und Johan sind, wie die meisten Kinder, jeden Nachmittag am See. Papa hat Leo sogar versprochen, an einem der nächsten Tage das Floß zum Badesee zu bringen, und dann werden sie alle zusammen Floß fahren und Schlauchboot und auf dem Wal reiten.

Eric hält sich fern und macht auch keine Bemerkungen mehr. Er ist stiller geworden. Einmal, als Leo, Flora und Johan das Schlauchboot mit über dem Kopf erhobenen Armen zum Badesee tragen, taucht Eric plötzlich auf. Er schaut sehnsüchtig auf das Schlauchboot.

»Willste auch mal paddeln, Klops?«, sagt Leo.

»Nenn mich nicht Klops, okay? Ich nenn euch auch nicht mehr Babys.«

Kein scharfer Ton mehr in seiner Stimme. Irgendwie, so kommt es Leo vor, ist er nur ein mickriges schwaches Bürschchen, und das kann jetzt, wo er ganz allein ist, jeder spüren.

Johan scheint dasselbe zu denken. »Gebongt!«, antwortet er und streckt Eric die Hand hin.

Eric guckt so erstaunt, als hätte er noch nie eine einladende Hand gesehen. Es sieht fast so aus, als wollte er nicht einschlagen. Aber ganz so doof ist er wohl doch nicht. Nach einigem Zögern packt er zu und lässt Johans Hand gar nicht wieder los.

»Wir müssen ja nicht gleich dicke Freunde werden«, sagt Johan und zieht seine Hand wieder weg. »Reicht ja, wenn wir uns respektieren. Und wenn du mir noch einmal blöd kommst, kriegste von mir eins auf die Nase, dass es kracht!«

Eric sagt nichts. Er wird knallrot. Das hält Leonie für ein gutes Zeichen. Vielleicht ist ja bei ihm doch noch nicht Hopfen und Malz verloren. Verrückt, wie schnell einem so ein Blödmann leidtun kann, sobald er schwach wird.

Später lassen Leo, Flora und Johan ihn mit dem Schlauchboot auf dem See paddeln. Als er weit genug draußen ist, machen sie sich in Ruhe über den Proviant her. Eric muss ja sowieso abspecken.

Beate Dölling
Kaninchen bringen Glück
Roman. Mit Vignetten von Claudia Weikert
Gebunden, 192 Seiten (79894)
Gulliver Taschenbuch (78966) *ab 10*

Dass Oma etwas wunderlich ist, stört Karla nicht. Im Gegenteil. Als Erstes schenkt ihr Oma, wo sie die Sommerferien verbringt, ein Kaninchen und Karla schließt Otto sofort in ihr Herz. Dann bricht das Schatzfieber aus. Denn irgendwo im Garten soll die Oma, damals im Krieg, einen Schatz vergraben haben. Oma ist überzeugt: Karla hat glückliche Hände. Und so buddeln sie sich durch die Beete … Mit großer Zärtlichkeit und viel Witz erzählt Beate Dölling von der innigen Nähe zwischen einem Mädchen und ihrer Großmutter.

»Eine warmherzig-witzige Großmutter-Enkeltochter-Geschichte!«
1000 und 1 Buch

»Zärtlich und humorvoll zugleich erzählt die Autorin von den Beziehungen zwischen einer Großmutter und ihrer Enkelin. Liebenswerte Sommer-Ferien-Geschichte.«
Deutsche Akademie für Kinder- und Jugendliteratur Volkach

Beltz & Gelberg
Beltz Verlag, Postfach 100154, 69441 Weinheim, www.beltz.de

Joshua Doder
Ein Hund namens Grk
Roman. Aus dem Englischen von Franziska Gehm
Gebunden, 282 Seiten (79930) *ab 9*
Die besten 7 (Focus/Deutschlandradio)

Das erste Abenteuer von Grk, und so fing alles an: Was machst du, wenn du einen Hund auf der Straße findest? Ihn zu seinen Besitzern zurückbringen? Selbst wenn sie tausend Kilometer weit weg sind und noch dazu im Gefängnis sitzen? Genau das fragt sich Tim. Auf dem Schulweg stolpert er über einen kleinen Hund, der sich ihm sofort an die Fersen heftet. Seine Eltern aber machen Tim unmissverständlich klar: Dieses »Viech« muss draußen bleiben! Eine Lösung muss her und Tim weiß, was zu tun ist. Er steigt ins nächste Flugzeug nach Stanislavien und gerät in ein haarsträubendes Abenteuer, zusammen mit dem Hund namens Grk.

»Die coolen Helden haben alles im Griff. Unbedingt lesen!«
Aachener Zeitung

»Temperamentvoll, komisch, politisch! *Kölner Stadt-Anzeiger*

»Unbestritten eines der besten Bücher unten den momentanen Neuerscheinungen für Kinder.« *Heilbronner Stimme*

Beltz & Gelberg
Beltz Verlag, Postfach 10 01 54, 69441 Weinheim, www.beltz.de

Schloss
Badesee
Lädchen
Laden
Dorfstraße